あやかし民宿の愉怪（ゆかい）なおもてなし

皆藤黒助

角川文庫
23425

目次

主な人物紹介

夜守集（やもりしゅう）　睨んだ相手を体調不良にさせる「呪いの目」のせいで孤独に。高校進学を機に綾詩荘（あやしそう）に引っ越してきたが……。

楠 実乃梨（くすのきみのり）　集と同じ高校の先輩。廃部寸前の妖怪研究同好会に集を勧誘する。

夜守スエノ　綾詩荘の女将で、集の祖母。妖怪染みた笑い方をする。

公之介（こうのすけ）　世にも珍しい化けハムスター。元気いっぱい。

そんつる様　正体不明の綾詩荘の守り神。

先生　綾詩荘に長年宿泊している漫画家。ペンネームは「初恋（はつこい）きらり」。

一話　綾詩荘は怪しそう

味の想像もしたくない珍妙な料理を運び、バスケの試合ができそうな大広間を清掃して、全長十メートルはある布団にシーツをかけ、ドールハウスほどの小さな宿泊室を綿棒で掃除する。目の回るような忙しさに打ちのめされながら、集は自分の軽率な行動をひたすらに後悔していた。

思い返せば、きっかけはほんの出来心だった。

絶対に押すなと言われたら押したくなり、決して覗くなと言われたら覗きたくなるのが人の性というのは、言い訳にしかならないのだろう。好奇心に負けた集は、これ見よがしに立ち入りを禁じられている扉を軽い気持ちで開いてしまった。

その先で待っていたのは、妖怪染みた声で笑う祖母と——異形のお客様達。

ここは民宿、綾詩荘。人とあやかし、表と裏を繋ぐ、不思議なお宿。

集がここでこき使われることになった経緯を説明するには、少し時間を遡る必要がある。

終点のアナウンスで、夜守集の意識は夢の世界から戻ってきた。どうやら眠りこけていたらしい。慌てて口の端の涎を袖で拭い、ズレたサングラスを直してキャリーバッグを引っ摑み車内から飛び出す。

◎

改札を抜けると、真っ先に潮風が鼻孔を刺激した。それに次いで、他の駅ではまず見ないものの数々が視界に飛び込んでくる。

目玉を模した街灯に、キャラクターを象ったブロンズ像。背後には、見上げるとそのまま仰け反って後頭部を地面に強打してしまいそうなほどの巨大パネル。そこに独特なタッチでいくつも描かれているのは——妖怪だ。

鳥取県。砂丘の他は人口が少ないというネガティブなイメージで名前のよく挙がるこの県の輪郭は、よく言えば獲物に飛びかかる雄々しきライオン、悪く言えば夏バテした猫のような形をしている。いずれにしても、その尻尾の先端に位置するのが集の降り立ったここ、境港市。

この町は、妖怪漫画の第一人者である水木しげるの故郷だ。その恩恵に与り、妖怪を使った観光に力を注いでいるらしい。観光客の玄関口である境港駅前ともなれば、四方八方から妖怪達がこれでもかと出迎えてくれる。対して、集の到着を待ってくれている人間は一人も見当たらない。

「……何だよ。迎えにくらい来てくれてもいいのにな」

　スマホで確認した時刻は昼の一時。事前に伝えていた通りの到着時間で間違いない。それなのに誰もいないということは、忘れられているのか。もしくは、迎えに来る気など端からないのか。

　溜息を一つ地面に転がし、集はキャリーバッグを持ち直すと歩き出した。

　駅を始点として北東へ向かって続く商店街は『水木しげるロード』と呼ばれ、ゆとりのある広さに整備されている歩道には、妖怪を象ったブロンズ像がいくつも点在している。春休みということもあって、通りは多くの観光客で賑わっていた。

　茶系統の色合いを基調とした昭和レトロな街並みは、馴染みがないのに不思議と懐かしさを覚える。妖怪を模した土産物や、写真を撮るにはうってつけのスポットなどに目を惹かれ、ついつい足は止まりがちになっていた。

「せっかくの観光地だもんな。のんびり行くか」

　散策しながら歩いているうちに、誰にも迎えに来てもらえなかったイライラはどこかへと吹き飛んでいた。

　手に持つスマホのナビの赤いピンが示しているのは、水木しげるロードの半ば辺りにある十字路の角地。そこにあるのが、集が目指している目的地――民宿・綾詩荘。

　物心がつくより前に両親を亡くした集は、遠い親戚夫婦の家で長年お世話になっていた。これからもずっとそのままだと思っていたのだが、中学二年の冬辺りにそれまで音沙汰のなかった父方の祖母から、突然『こちらに来ないか』との誘いを受ける。集自身思うところもあり、高校入学を機にこうして境港市に遠路遥々越してきたわけだ。

祖母には幼い頃に会ったことがあるらしいのだが、申し訳ないことに全く記憶にない。そんな祖母の経営する民宿こそが綾詩荘であり、同時に今日から暮らすことになる下宿先でもある。

「宿暮らしか……楽しみだな」

県を代表する観光地の一つの一等地に店を構えているのだから、きっと風情のある古民家のような宿に違いない。部屋は当然和室で、窓からはちょっとした庭園が見える。小さなテーブルと椅子が置かれた広縁もあって、浴場はもちろん天然温泉の露天風呂。民宿での住み込み生活というのは宿泊する時ならではのワクワクがずっと続くようで、期待に胸が膨らみ自然と笑みが零れていた。

◎

「……えっ？」

ここで間違いないよなと、ナビを確認する。辿り着いたのは、理想とは大きくかけ離れたオンボロ宿だった。

趣があると言えば聞こえはいいが、目前に立つ二階建ての木造家屋の屋根は瓦が所々落ちていて、外壁も表面の漆喰が剝がれて土壁が丸見えになっている。雨樋は残骸だけがかろうじて軒先にぶら下がっており、建付けが壊滅的なのか木製の窓は北側から流れてくる穏やかな潮風だけでガタガタと地震の時のような音を立てていた。

ナビのミスだと信じたかったが、入口横の小さな表札にはきちんと『綾詩荘』と刻まれている。どうやら、ここで間違いないようだった。

「嘘だろ……」

見るからに怪しそうなこの建物が、目的地の綾詩荘だとは。思い描いていた老舗の和風民宿のイメージが、音を立てて崩れ落ちる。入口の木製の戸に嵌め込まれたガラスには、年よりも幼く見られがちな自分自身の間抜け面が映し出されていた。

「……いや、中は綺麗かもしれない」

外観だけで全てを決めつけてはいけない。人間だって、大事なのは中身なのだから。一縷の望みに賭けてサングラスを押し上げると、集は玄関戸をガラガラと開けた。

だが、中も見事なオンボロ具合だった。それでも壁に掛けられた今月のカレンダーや、青々としている観葉植物や、埃の落ちていない玄関ホールなどから、この建物が廃墟ではなく現在もきちんと利用されていることはひしひしと伝わってくる。

こんなところに、宿泊客が泊まりに来るのだろうか。勝手に経営状況の心配をしつつ胸に手を置くと、集は息を短く吸い込んだ。

「こんにちはー！　夜守集です！」

最初の挨拶は肝心だ。普段ならまず出すことのない大声で、薄暗い廊下の奥へ呼びかける。すると、ギシギシと軋む音を引き連れて誰かが階段を下りてきた。最後に祖母と出会ったのが幼い頃なので記憶にはなく、顔も当然覚えていない。だから、これが初対面と言っても間違いではないだろう。緊張しながら待っていると、出迎えてくれたのは祖母――ではなく、若い男性だった。

　見た目は二十代半ばくらいだが、その落ち着いた雰囲気は大人の余裕を醸し出しているので、もう少し上かもしれない。肩に届きそうなほど長い栗色の髪はボサボサだが、小顔に並べられたパーツはそのどれもが完璧にレイアウトされている。率直に言えば、悔しいほどのイケメンだった。

　顔だけではない。身長も間違いなく百八十センチはあり、同世代よりやや背が低いことに軽いコンプレックスを抱いている集は少し嫉妬する。体形もスレンダーで、灰色の甚平姿で腹を搔きながら欠伸をするみっともない姿でさえも、ファッション誌の表紙を飾れるくらい絵になっていた。

「やあ」謎のイケメンが、気さくに片手を上げる。「キミが集君か。スエノちゃんから話は聞いているよ」

「ス、スエノちゃん？」

「嫌だなぁ。キミのおばあちゃんの名前だよ」

そんなことは知っている。疑問に思ったのは、現在八十歳になると聞いている祖母がちゃん付けで呼ばれていることだ。

「長旅で疲れたろう。キミの部屋の場所は聞いてるから」

祖母であるスエノと彼の関係はまだよくわからないが、案内をしてくれるらしい。彼は取り出したスリッパを一組集の方へ向けて置くと、にこやかに中へ招き入れてくれた。戸惑いながらも、他にどうしようもないので靴を脱ぐ。

廊下は、どこを踏んでもギイギイと床鳴りがした。これだけ古いなら、下手すれば落とし穴のように床が抜けてしまうかもしれない。嫌な想像をしてしまった集は、忍び足で彼の後に続いた。

集は、初対面の相手と話すのがあまり得意ではない。もっとも、それに限らず人と話すこと自体が苦手なのだが。それでも、訊くべきことは訊いておく必要がある。

「あの……ばあちゃんは留守なんですか？」

「そうだね。まあ、そのうち会えるさ」

彼はこちらを振り返ると「いいサングラスだね」と集の目元を指さし褒めてくれた。

このサングラスを弄られることには、もう慣れている。別にこれは観光気分でかけているわけでも、お洒落を気取っているわけでもない。ただ――どうしても必要だから、かけているだけだ。

この町でも、サングラスのせいで上手くいかないかもしれない。そんな不安を払拭したくて首を振る集の足元を、突如として小さな黒い影が横切った。思わず「うおっ！」と声を上げてしまい、転びそうになったが危ういところで壁に手をつき踏み止まった。

「どうかしたかい？」

「す、すみません。今、急に何かが足元を通り抜けていって」

「あー。この民宿は風通しがいいから、小さなお客さんが少し多いかもしれないね」

オブラートに包んでいるが、要は虫や鼠のことだろう。

「うえぇ……」

「大丈夫。すぐに気にならなくなるさ」

ハッハッハと声高らかに笑う姿も様になるこの人は、一体何者なのだろうか。いい加減尋ねようとしたところで、思考を先読みでもしたかのように彼の方から名乗ってくれた。

「そういえば、自己紹介がまだだったね。私の名は、初恋きらり」

何だか、凄い名前が出てきた。

「ええと……本名ですか？」

「まさか。ペンネームだよ。漫画で生計を立てているものでね。私はもう長い間、ここに泊まり込みで漫画を描かせてもらっているんだ」

「そ、そうなんですか……ペンネーム的に、恋愛漫画を描かれているんですか？」

「いいや、おどろおどろしい妖怪漫画だよ」

何でだよとツッコミを入れたかったが、会って間もない大人相手にそんなことをする度胸は持ち合わせていなかった。なので、波風を立てない程度に尋ねてみる。

「ええと……何がどうしてそのペンネームになったんですか？」

「出版社が私を恋愛漫画家として売り出そうとしていた時の名残りだよ。今では作家名と作品のギャップがあって面白いと言われるから、これでも結構気に入っているんだけどね」

どうやら、いろいろと大人の事情があるらしい。

「初恋先生は、何でこんなボロ宿に？」

「集君。初恋先生と呼ぶのは止めてくれないかな」

彼は後頭部を掻きながら「その呼ばれ方は恥ずかしい」と照れている様子だ。気に入っているペンネームだと先ほど聞いたばかりなのに。

「では、何て呼べばいいんですか？」

「周りからはシンプルに『先生』と呼ばれているから、そうしてくれると嬉しいかな」

郷に入っては郷に従えという言葉もある。本人がそう言うならと、集はそれに倣うことにした。

「漫画家先生なら、もっとずっといいところに住めるんじゃないですか？」

「儲かっているのなんて、一部の売れっ子だけだよ。私なんぞ、ギリギリ食い繋げている程度さ」

もしれない。

「ですけど、宿暮らしよりは賃貸を借りた方が安く済むでしょう？」

「まあね。でも、ここにいるといいインスピレーションを得られるんだよ」

漫画家は、基本的に一日中机に齧りついている職業だと思う。静かなアパートを借りて引き籠っているよりは、こういった賑やかな場所に住む方がいい刺激を得られるのかもしれない。

ましてや、ここは妖怪を目玉にしている観光地だ。妖怪漫画を描く先生にとっては、この上ない好物件なのだろう。

階段を上り、案内されたのは二階の北側にある殺風景な四畳半の和室だった。亀裂の入った聚楽はどうにか壁にくっついている様子で、天井板には雨漏りの跡がくっきりと染みついている。汚いと言いかけた口を、集は慌てて塞いだ。

せめて景観くらいはと期待して窓の障子を開けるも、ガラスの向こうは隣の建物の色褪せた外壁しか見えなかった。

役目を終えた先生は「じゃあ、私は仕事があるから」と自室に戻っていく。入っていったのは、水木しげるロードの通りに面する南側の部屋。間取り的に考えて、この綾詩荘におけるＶＩＰルームなのだろう。

そもそも、居候の身でいい部屋を割り当ててもらえるはずもない。理想とは異なる現実を前に、どっと疲れが押し寄せてきた集は畳の上にごろんと寝そべった。

「俺、うまくやっていけるかなぁ……」

溜息とともに漏れ出た不安が、畳の目に吸い込まれていく。そんな集の視界の端を、またも黒い影が駆け抜けていった。反射的に身を起こすが、そこにはもう何もいない。

「参ったな。虫はあんまり得意じゃないんだけど」

ぼやくと再び横になり、徐々に重くなる瞼に耐えきれなくなりやがて目を閉じる。長旅の疲れからか、それとも畳の寝心地のよさがそうさせたのか、集はいつしか深い眠りへと落ちてしまっていた。

◎

どのくらい眠っていたのだろう。ハッと目を覚ますと、部屋の中は真っ暗だった。照明のスイッチの位置がわからないので、スマホの明かりを頼りに辺りを見回し、とりあえず階段を下りてみる。廊下の先に光の漏れている部屋を見つけて覗き込むと、そこは八畳ほどの小さな食堂だった。

「よく眠れたかい？　集君」

箸を持つ手を上げて、先生が声をかけてくれた。テーブルの上に並べられているのは、白いご飯と味噌汁に、たっぷりのタルタルソースがかけられたエビフライ。千切りキャベツとプチトマト、ポテトサラダも添えられている。

腹の虫がぐうと鳴く。恥ずかしがる集に、先生は「キミの分もちゃんとあるよ」と対面の席を行儀悪く箸の先で示した。そこには伏せられた茶碗と汁椀と、ラップがかけられたエビフライの皿が置かれている。

「す、すみません！　先生がわざわざ作ってくれたんですか？」

「まさか。スエノちゃんだよ」

「えっ！　ばあちゃん、帰ってるんですか!?」

「また出て行ったけどね」

　年代物だと一目でわかる振り子式の壁掛け時計を見ると、時刻は夜の九時過ぎを指していた。こんな時間に、スエノは一体どこへ何をしに行ったのだろう。

　ラップ越しに触れた料理は、まだ温かい。本当についさっき、スエノが作ってくれたもののようだった。できれば今日のうちに挨拶くらいは済ませたかったのだが、寝ていたから声をかけるのを遠慮してくれたのだろう。

「冷めないうちに食べなよ」と先生に促されて、ご飯と味噌汁をよそい席に座る。「いただきます」と手を合わせ、いの一番にエビフライに齧りついた。サクサクの衣の中に、プリプリ食感のエビ。酸味の利いたタルタルソースが相性抜群で、堪らず頬が緩んでしまう。

「美味しいかい？」と、先生が尋ねてくる。口に詰め込み過ぎて喋れないので代わりに大きく頷くと、彼は「それはよかった」と目を細めていた。

　夕食を終えて、先生と二人で食器を洗い食堂を出る。そこで何気なく階段とは反対側の方向に目をやると、廊下の突き当たりに妙なものを見つけた。

「先生。あれは何ですか？」

そこにあるのは、古ぼけた木造家屋に似つかわしくない鈍色をした金属製の扉。近づいてみると、貼り紙がしてあった。

〝関係者と妖怪以外立ち入り禁止〟

どういう意味だろうと訝しく思い、集は隣にいる先生に尋ねる。

「これは何なんですか？」

「見ての通りだよ。この先は、関係者と妖怪しか立ち入ることができない」

「冗談ですよね……あっ」

そういえば、と集は思い出す。綾詩荘へ向かう途中で、この手の注意書きを目撃したことを。商店街にあったＡＴＭの扉の脇に『妖怪に暗証番号を訊かれても教えないでください』と書かれた注意喚起の立て看板があったのだ。その時は変に思ったが、よく考えればここは妖怪を売りにした観光に力を入れている境港市だ。あれは町を訪れた観光客を楽しませるための、妖怪ジョークだったのだろう。

この扉の貼り紙もそれと同じで、中はさしずめリネン室か物置に違いない。

予想はできても、扉の向こうに何があるのかちょっと気になり集はドアノブに手をかける。しかし、その腕を先生に掴まれた。

「今はまだ、開けない方がいい」

真剣な表情で放たれた言葉には、反論を許さない妙な迫力がある。先住者の言うことには従っておくべきだろう。「わかりました」と、集は大人しくドアノブから手を放した。

しかし、どうにも気になり、階段へ向かう途中で一度後方を振り返る。すると、先ほどの金属製の扉がなぜか少し開いていた――かに思えたが、瞬きをした次の瞬間には最初からそうだったかのように閉じていた。

サングラスを外して目を擦り、かけ直してからもう一度見る。だが、重厚感のある異質な扉はやはり閉ざされたままだった。

「集君？」と、先を行く先生が呼んでいる。見間違いだろうと結論付けて「何でもありません」と答えると、集は階段に足をかけた。

◎

翌日は、高校の入学式だった。新天地での高校生活の幕開けだ。

集の通うことになる県立境西高等学校は市内に二校ある高校のうちの一校で、無難な大学進学を目標に据えた普通科高校である。中学の制服がブレザーだった集にとって学ランは新鮮だったが、詰襟が息苦しく着慣れるまで時間がかかりそうに感じた。

入学式は滞りなく終わり、その後は各クラスに移動しての初ホームルーム。まず行われるのは、もちろん自己紹介だ。出席番号順なので、苗字の頭文字が『や』の集の順番は最後の方になる。

「や、夜守集です。この春から、境港に越してきました。目の病気の関係でサングラスをかけて生活していますが、よろしくお願いします」

最低限の自己紹介を終えて席に着くと、クラス中がヒソヒソ声で騒めき出すのがわかった。話題は、聞くまでもない。このサングラスのことだ。

サングラスをかけている生徒なんて、目立つに決まっている。この先、生意気な一年がいると先輩に目をつけられることもあるかもしれない。陰口も裏でコソコソと叩かれるだろう。――それでも、引っ越し前と比べれば、はるかにマシだった。

たとえ何があっても、集にとって日常生活を送るうえでサングラスは絶対に欠かせない。風呂や寝る時以外、外すことなく今日まで生きてきた。

だから当然、学校でも外せない。目の病気と偽れば学校側の許可は貰えるし、生徒からもある程度の理解は得られる。だが、どうしても目立ってしまうことは避けられない。

結局、ここでも普通の学校生活は送れないのだろうか。

◎

「なあ、夜守だっけ？」

ホームルーム後、帰り支度をしているとそう声をかけられた。顔を上げると、茶色い髪色をした明るそうな男子と、落ち着きのある大人びた雰囲気を纏う短い黒髪の男子が集を見下ろしている。

「そうだけど……ええと」

「何だよ。自己紹介聞いてなかったのか？　俺は御子柴で、こっちは片倉」

茶髪の御子柴に紹介されて、黒髪の片倉は「よろしく」と片手を僅かに上げた。どうやら、喋る担当は主に御子柴のようだ。

「お前さ、目が悪いの？　大変だな」

話しかけてくれた理由は、気遣いからのようだった。嬉しい半面、話しかけられたことに動揺を隠せず、サングラスを押し上げながら「そそそ、そんな大したことはないけど」としどろもどろに答えてしまう。

「うちはじいちゃんが白内障だから、不便さはわかってるつもりなんだ。何か不都合なことがあったら俺に言えよ。片倉でもいいし。力になるからさ」

「あ、ありがとう」

礼を言うと、御子柴はニカッと笑って「じゃあな」と片倉を連れて集の席を離れた。

そして、彼を待っていたと思しき男子の輪の中に合流する。いいクラスメイトに出会えたと思った矢先——そこでの会話が、耳に届いてしまった。

「お前ら、何であんな変な奴に話しかけてんだよ」

名前も知らない男子に笑いながら吐かれたその言葉が、胸の奥深くへと刃物のように突き刺さる。

変な奴。それはもっともな感想だろう。声をかけられたくらいで浮かれるなんて、自分が情けなくなる。二人が話しかけてくれたのは、どうせ単なる気まぐれだ。期待なんてしてはいけない。

このサングラスさえ外すことができれば、置かれる状況はもしかしたら変わるかもしれない。でも、これは外さない。正確には、外せないのだ。外せば、きっとまた取り返しのつかないことになる。

なぜなら、この目は——呪われているのだから。

◎

「ただいま」

帰宅すると、いつもなら先生がどんなに忙しくても「おかえり」と言ってくれるのだが、今日は返事がない。階段を上ると、先生の部屋の前には『外出中』と書かれた札がかけられていた。

引っ越してきてから、早いものでもう一週間が経つ。しかし、今日まで集はスエノとただの一度も出会えていなかった。もしかすると、このオンボロ民宿の経営を続けるために昼夜問わず働き詰めなのかもしれない。そうだとしても、ここまで会えないなんてことがあるのだろうか。最早、本当に存在しているのかすら怪しく思えてしまう。

「実は妖怪だったりして」

呟き、一人で笑ってしまった。馬鹿馬鹿しいと思いながら、部屋に鞄を放り投げる。すると、ドスンという音に合わせて小さな黒い影が飛び出し、廊下を凄いスピードで駆けて一階に下りていくのが見えた。

先生に言われた通り、この民宿は隙間が多いらしく小さな客とたまに遭遇することがある。先生はすぐ慣れると言っていたが、虫嫌いの集は見つけ次第捕まえて追い出すことにしていた。影の正体を摘まみ出すために、階段を下りる。

階段下に置いてあった手頃な箒を手に取り、集は黒い影の後を追う。しかし、あまりにすばしっこいため、廊下でその姿を見失ってしまった。

「くそっ、どこに逃げたんだ？」

キョロキョロと辺りを見回し——そこで気づいた。

「……開いてる」

廊下の先には、立ち入りを禁じられている例の金属製の扉。それが、僅かだが確かに開いていた。

ここに逃げ込んだのだろうか。扉を開こうとした時、先生からの忠告が頭を過った。

だがそれは好奇心にあっさりと打ち負けて、覗くだけならセーフだろうと扉をもう少し開き首を突っ込んでみる。

「……何も見えない」

まだ日は高い時間帯なのに、扉の向こうは真っ暗闇だった。やたら重たい扉を全開にすると、人一人がようやく通ることのできる程度の狭い通路が奥へと続いている。得体の知れないその廊下の先はぱっくりと口を開けた怪物の喉（のど）の奥へ続いているように感じて、全身に鳥肌が立った。暗闇の向こうからは、何やら生温（なまぬる）い風が吹きつけてくる。

扉の先はどうせ大した部屋ではないだろうと踏んでいたのだが、予想は裏切られてしまった。

「何か、気味が悪いな」

このまま閉じて、何も見なかったことにするのは簡単だ。でも、閉じることができない。この向こうが一体どこに繋（つな）がっているのか、単純に気になるのだ。

「……俺はばあちゃんの孫だし、一応関係者だよな。ここに逃げ込んだっぽい奴も捕まえて追い出さないといけないし」

そんな言い訳で自分自身を納得させた集は、スマホのライトを点（つ）けて箒を握りしめる。

謎の緊張感から冷や汗が滲（にじ）み、唾（つば）をごくりと飲み込む音が暗闇へと吸い込まれていく。

スエノや先生に後で怒られるだろうかという不安は冒険心で抑え込み、扉の向こうへと一歩を踏み出した。

◎

時折切れかけの白熱灯が天井から下がっている以外は何もない細長い廊下をひたすらに歩き始めて、もうかれこれ五分近くが経過している。

「長い……」

「やっぱり……おかしいよな？」

こぢんまりとしたこの民宿に、ここまでまっすぐに延びる長距離の廊下が収まるはずがない。何をどう考えても、この通路の説明がつかないのだ。自分が異様な場所を彷徨っていることを実感すると、冒険心はあっさりとその身を引っ込めた。

帰ろう。それがいい。集は来た道を早足で引き返す。だが、今度は五分以上歩いても金属製の扉に辿り着くことができない。恐怖で目に涙が滲んできた。

「一体、何がどうなってるんだよ!?」

取り乱した集は、誰にともなく大声を上げた。

暗闇だから、気づかないうちにどこかで道を曲がってしまっていたのだろうか。いや、確かにここまで一本道を進んできたはずだ。他にも数えきれないほどの疑問が頭の中を渦巻いているが、とにかく今はここから出ることを最優先に考えるべきだろう。

深呼吸をして少し冷静になり、スマホで外部と連絡を取ればいいのだと思いついた。

だが、電波の表示はまさかの圏外になっている。

「部屋では普通に電波立ってたのに……」

スマホに訴えても、もちろんアンテナが立つことはなかった。バッテリー残量はまだ十分あるが、ライトを点けたままではいずれなくなってしまうだろう。それまでに、どうにかして外に出なければ。

集は走りながら闇雲に周囲を照らして、脱出への手がかりを探す。流れていく内壁は板張りだったり、タイルだったり、コンクリートだったりと、継ぎ接ぎのように一貫性がない。

必死の捜索の結果、左へ直角に延びる別の道を発見した。しかし、こんな道があったのならもっと早く気づいていてもいいはずだ。あり得ないことだが、まるでつい先ほど出現した脇道のように思えてしまい、入るのは気が進まない。とはいえ選択肢は他にないので、やむなくその通路を進むことにした。

左折した道の突き当たりでは、錆びついた赤茶色の螺旋階段が天へと向かってぐるぐると延びている。それを恐る恐る上ると、正面に大きな窓が出現した。

「やった！　外に出られる！」

そう思い開け放った向こう側に広がっていたのは、体育館ほどもある大広間。呆気に取られた後で、外に繋がっていなかったことを理解した集はがっくりと項垂れる。

「もう、何がなんやら」

常識の範囲を超えた出来事が起こっていることは、もう間違いない。腹を括った集は、窓枠を乗り越えて大広間に降り立った。

自室の煎餅のような畳とは異なり、い草の香りの漂う綺麗な若葉色の畳を踏みしめる。四方の壁面には、色とりどりの襖が全面余すところなくびっしりと建て付けられていた。見た目はカラフルで綺麗だが、不気味に思えてならない。見上げる高い天井には、迫力のある立派な龍の天井画が描かれていた。

しばらくの間それに魅入ってしまっていたが、ここから先に進む道を探さなければならない。無数に並ぶ襖のうちの一枚に手をかけ、恐る恐る引いて中を覗き込んでみた。そこにあったのは——和式のトイレ。一畳ほどの広さしかなく、汲み取り式なのか黒い穴が遥か下まで続いている。

「何だ。ただのトイレか」

化け物が飛び出してくるかもと警戒していた自分を馬鹿らしく思い、次の襖を開ける。すると今度は——木が鬱蒼と茂る森が、延々と広がっていた。

「……は？」

驚きのあまり固まってしまったが、見たこともない昆虫がこちらに向かって飛んでくるのに気づいて咄嗟に襖を閉める。慌てて後退ると、躓いて畳に尻餅をついてしまった。

今のは、プロジェクションマッピングなどではない。草木や土の匂いもしっかりと感じた。間違いなく、本物の森と繋がっていた。

「……俺は一体、どこに閉じ込められてしまったんだ？」

興味本位で、立ち入り禁止の扉に入っただけなのに。先生の忠告を聞いておくべきだったと後悔しても、今更遅い。生きてここを出るには、自分が頑張るしかないのだ。頬をパチンと叩くと、集は自身を鼓舞して立ち上がった。

覚悟が揺らがないうちにと、襖を片っ端から開いていく。その先はサウナやボイラー室やエレベーターといった現実の範囲内のものもあれば、砂漠や雪山、草原や海の中などあり得ない場所へ通じている襖もあった。

怖いけれど、次は何が出てくるんだろうと少し楽しくもなってくる。そんなタイミングで引いた襖の向こうは、だだっ広い白い空間に繋がっていた。その中央には、上へと続く長い梯子がかかっている。

「高いな……」

落下すれば、ただでは済まないだろう。というか、これは綾詩荘の屋根を軽く突き破るくらいの高さがある。あり得ない光景のオンパレードに、集は次第に夢なのではと思い始めた。むしろ、今までその考えに至らなかったのが不思議なくらいだ。夢ならば、これまでの全てに説明がつく。

「何だ、ただの夢か！」

夢なら話は別だ。楽しまなければ損だろう。他の襖の向こう側も気になったが、キリがないのでとりあえず梯子を上ってみることにした。

滑らないよう手のひらの汗を学ランのズボンで拭ってから、一段一段慎重に上っていく。なるべく下を見ないように努め、時間をかけてどうにか半分辺りまで到達することができた。

「はあ、はあ……夢の中でも、結構疲れるもんだな」

一休みしようと梯子に腕を回して俯いた時、耳元からするりとサングラスが抜け落ちてしまった。

「あっ」

遥か下の方で、カツンと音が鳴る。長年愛用してきたサングラスだが、さすがに取りに戻る気にはなれなかった。この長い梯子を下りてまた上る体力など、残っているわけがない。それに、どうせこれは夢なのだから。

ひいひい言いながら何とか上り切った梯子の先にある蓋のようなものを頭で押しのけると、四畳半の和室に出た。蓋をしていたのは、畳だったようだ。自室に戻ってきたのかと一瞬思ったが、窓もなければ私物もない。どうやら、似ているが別の部屋のようだ。

さすがに疲れてしまい、その場で仰向けに倒れる。

「面白い場所だけど、いい加減目覚めたいな……どうやったら起きられるんだろう?」

一人呟いた時——視界の端で、何やら動くものが見えた。

身を起こしてよく目を凝らすと、そこには一匹の鼠が鎮座していた。つぶらな瞳で、こちらを見上げている。

「……鼠か。たとえ鼠でも、こんな場所に一人ぼっちよりはマシに思えるな」

「鼠ではなく、ハムスターです」

「ああ、ごめんごめん……え？」

目の前のハムスターが、今確かに声を発した。思わず目を丸くしたが、夢の中なら別に不思議ではない。

「俺、動物と話すのって少し憧(あこが)れてたんだよね。酷(ひど)い悪夢だと思ってたけど、悪くないかもな」

「しっかりしてください。これは夢ではありません」

「何言ってんだよ。夢じゃないなら、鼠が喋(しゃべ)るわけないだろ」

「ですから、鼠ではありません！　私はジャンガリアンハムスターですっ！」

急に怒鳴られ、思わず飛び退(の)いた拍子に後頭部を柱にぶつけてしまった。痛みに悶絶(もんぜつ)しながら、おかしなことに気づく。

頬をつねり、痛くなければ夢。よく聞く夢かどうかの確かめ方だ。そして集は今、思いきり痛みを感じている。つまり——これは夢ではない。

「——っ!?」

声の出ない悲鳴を上げて、部屋の隅まで逃げた。夢でないのなら、あの手のひらサイズの丸っこい生物が流暢(りゅうちょう)に日本語を話したということになってしまう。バクバクとうるさい心臓を押さえながら、集は目の前のハムスターをよく観察して考えられる可能性を並べてみる。

「こっ、小型スピーカーか何かがつけられてるのか？　それとも、コイツ自身がロボットだったり？」

「私の名前は公之介です。コイツではありません」

発言と身振り手振りが合っているので、スピーカー越しに誰かが話している線はなさそうだ。滑らかな関節の動きも、機械的とはとても思えない。

つまり、正真正銘の人語を操るジャンガリアンハムスターということか。彼が可愛らしい見た目をしていることが、唯一の救いかもしれない。もっと恐ろしい姿をしていたのなら、とうの昔に気絶している自信がある。というか、いっそのこともう気絶してしまいたかった。

公之介と名乗ったハムスターは、両前足をパッと広げると「では集殿。私が出口まで案内いたします」と申し出た。意外な提案に、集は一瞬固まってしまう。

「……えっ、キミは出口がわかるのか⁉　それは助かるけど……」

信用していいのだろうかと、当然の疑惑が頭を過る。白とグレーの毛に覆われたモコモコな可愛い見た目は偽りのもので、油断したところを頭からガブリ、なんて考えているのかもしれない。この夢のようで夢ではない不思議空間では、何が起きてもおかしくはない。警戒するなというのは、無理な話だ。

ここで、ふと疑問に思う。

「……あれ、何で俺の名前を知ってるんだ？」

「それはまあ、ずっと近くで見ていましたので」

初対面のはずだが、心当たりがないわけでもなかった。それは、綾詩荘に来てから何度か遭遇していた、すばしっこくて捕えることのできない小さな黒い影。

「あの影の正体って、もしかしてキミだったのか？」

「はい。集殿がサングラスを外してくれたので、ようやく認識してもらうことができました」

公之介の言葉にハッとなり、集は自分の目元に触れる。——そうだった。サングラスは、梯子を上っている途中で落としてしまっていたのだ。濁流の如く押し寄せてきた不安は、この奇々怪々な空間に対する恐怖や得体の知れないハムスターへの不信感ごと集の心を飲み込んでいく。

今更だとは思いつつも、固く両目を閉じた。

「集殿。目を開けてください」

「ごめん。でも、駄目なんだ！　サングラスがないと、俺は駄目なんだよっ！」

暗闇は、自身の過去を映し出す。思い出したくなくても、向き合わずにはいられなかった。

◎

集が、自分の目がおかしいことに気づき始めたのは、小学校低学年の頃だった。屋上に人影が見えたことを担任に報告すると、確認したが誰かが入った形跡はなかったと怒られる。教室にいた見慣れない子に声をかけると「誰と話しているの？」とクラスの子に気味悪がられた。家の天井に火の玉のようなものが浮いていたので眺めていると、育ての親の親戚夫婦は「何を見ているんだ？」と首を傾げていた。

どうやら自分には、人には見えないものが見えている。そのことを察して以降は、なるべくみんなと意見を合わせるよう心掛けた。見えないものが見えると言えば、大抵の場合は嫌な顔をされるから。

それだけなら、大した問題ではない。見て見ぬふりをすればいいだけのことだ。問題は、この目が秘める別の力にある。

両親は幼い頃に亡くなっていたため、集は親戚夫婦の家でお世話になっていた。親戚夫婦が本当の親ではないことは最初から教えられていたので、お父さんやお母さんではなく、おじさんやおばさんと呼んでいた。

両親でも祖父母でもない人達と暮らしている。それが少し妙な家庭環境だということは、クラスメイトから意地悪を受けることで徐々に理解していった。

「お前、何で親じゃない人のところで暮らしてんだよ」

名前は覚えていない。だけど、クラス内では体格のよかったその男子の人を見下すような目は、今でもよく覚えている。何も答えられないのを馬鹿にして、取り巻きも一緒になりケラケラと笑っていた。

集は小柄だったので喧嘩したところで勝ち目は薄く、そもそもそんな度胸はない。だから、唯一できた抵抗は相手を睨み返すくらいのもの。——だが、それで十分だった。

いじめっ子は直後にふらついてその場に倒れて、保健室に担ぎ込まれる。大したことはなかったようで翌日も学校に来たが、またもや突っかかってきたので睨み返すと昨日と同じように体調を崩す。そんなサイクルが、何度か続いた。

何が起きているのかはわからなかったが、正直愉快だった。自分に意地悪をするから、天罰が当たっているのだと思っていた。

「何なんだよ、お前……気持ち悪い。その目で、俺を見るなっ！」

倒れて回復してを五回ほど繰り返したその子が、それ以降集をいじめることはなくなった。

体の小さな集が大柄ないじめっ子を退けたという話は、クラス内で話題になった。しかし、武勇伝としてではない。不可解な事件としてだ。

集に睨まれると、体調が悪くなる。いじめっ子が火元のその噂は、瞬く間に学校中に広まっていった。初めのうちは信じない児童が大半だったが、一部の強がりな上級生達は度胸試しのつもりなのか、難癖をつけてやたらと絡んできた。

　反抗する力のない自分ができるのは、やはり睨み返すことだけ。だが、たったそれだけで相手は勝手に不調を訴えて、逃げ帰っていった。

　自分の目には、睨んだ相手の体調を崩す力がある。そのことを確信するまで、それほど時間はかからなかった。

「五年生の男子が夜守に睨まれて入院してるんだって」

「知ってるか？　夜守に睨まれると、魂を抜かれるんだぞ」

「何で夜守と同じクラスなんだよ。いつ目が合うかわかんなくて怖い」

　噂には日に日に尾ひれがつき、集を避ける児童が多くなっていく。だが、その流れから外れる子もいた。

「睨むだけで悪い奴倒せるなんて、漫画のキャラみたいでかっけーじゃん！」

　その男の子だけは、力のことを知っていても怯（おび）えずに接してくれた。理解してくれる友達が一人でもいてくれるのなら、それで十分だった。

　――しかし、すぐに気づかされる。この力が、いじめっ子だけを退けられる都合のいいものではないことに。

　きっかけは、集が彼から借りていたゲームを持っていくのを忘れたという、些細（ささい）な出来事だった。謝ったが許してくれないその子に、少しだけ苛立（いらだ）ちを覚えてしまったのだ。

　睨んだつもりなどなかった。ただ、ほんの少しだけ鬱陶（うっとう）しいなと思いながら視線を合わせただけ。たったそれだけなのに、その子は泡を吹いて倒れてしまった。

騒然となる教室内で、集は悟った。これは漫画のように悪者をやっつけることのできる便利な能力などではない。自分の人生を台無しにする〝呪い〟なのだと。

その子は回復したが、すっかり集に怯えてしまい、どこか遠くへ引っ越していった。結局、謝ることすらできなかった。

変なものを見る力に対しサングラスが効果的だということを知ったのは、十歳の時だ。親戚夫婦の車内で見つけたそれを何気なしにかけた瞬間、先ほどまで見えていた奇妙な形をした虫が見えなくなった。こんな解決策があったのかと、目から鱗が落ちたのを覚えている。

相手の体調を崩す力の方にも有効なのかどうかは、正直よくわかっていない。実験で試すわけにもいかないのだから。でも、かけているうちは誤って目の力を使ってしまったことは一度もなかった。かければ大丈夫だという思い込みの部分も大きいのかもしれない。

中学からは、目の病気を偽ってサングラスをかけて過ごすようになった。そのおかげで誰かに呪いをかけることも変なものが見えることもなくなったが、小学生時代の黒い噂が消えるはずもない。

いじめられはしなかった。むしろ存在を恐れられ、誰からも声をかけられず、恨まれるのが嫌なのか陰口すら叩かれない。——まるで、透明人間にでもなったような気分だった。

不気味な噂は親戚夫婦にも届いていただろうが、二人だけは変わらず集と接してくれた。そのことに感謝しているし、この先も一緒に暮らしたいとも思っていた。だが、一度外へ出ればあの町に集の居場所はない。

このまま地元で進学しても、呪いの噂は必ずついて回る。新たな一歩を踏み出すには、場所を変える必要があった。

そこへ飛び込んできたのが、スエノからの誘いだった。だから集は、境港へ引っ越すことにしたのだ。

◎

「気分が悪くなったりしてないか？　体調は何ともない!?」

「落ち着いていてください。その目は、恨みや妬みを持たない限り相手に悪影響をもたらしません。集殿も、わかっているでしょう？」

わかっている。わかっているが、怖くて仕方がないのだ。だからずっと、サングラスが手放せなかった。感情を完全に抑え込めるほど、自分は大人ではないから。

「自分の目を恐れないでください。サングラスを外したからこそ、私はようやくアナタにきちんと認識してもらえて、こうしてお話ができているのですから。ほら、目を開けてください」

宥められて、そっと瞼を開く。視界の先には、ニコリと微笑む公之介の姿があった。まだ出会って間もないのに、彼と話していると不思議な安らぎを得られる。

「というか、何で俺の目のことを……キミは、一体何者なんだ？」

「普通の人の目には見えぬうえに、人語を操る奇怪なハムスター。この町で私のような存在を表現する言葉は、一つしかありません」

薄々、集も気づいていた。子どもの頃から時折見える異質な存在——公之介も、きっとその仲間なのだろう。

「……妖怪？」

恐る恐るその言葉を口にすると、公之介はこくりと頷いた。

「はい。ですが、女将さんは〝あやかし〟と呼んでいました。そちらの方が表現が柔らかく、好まれているのかもしれません」

「女将さんって、ばあちゃんのこと？　公之介は、ばあちゃんに会ったことがあるのか？」

「はい。後で集殿も……」

公之介は途中で言葉を止めて、ピンと立てた耳を澄ます。その仕草は、まるでリアルなCGで動く動物映画のワンシーンのようだった。そんな呑気な想像は、次第に聞こえてくる不可解な音によってかき消される。

ズリ、ズリ、ズリ――。

何かを引き摺るような音。それも、かなり巨大なものを。

「なっ、何の音だ⁉」

「ご安心ください。これはそんつる様が移動する音です」

「そんつる様？」

「この民宿に憑く守り神です。その真の姿は、女将さん以外見た者がいないとか。噂では、巨木の幹のように太くて果てしなく長い大ミミズなのだそうですよ」

「大ミミズ……」

想像して、思わず苦い顔をしてしまう。だが、守り神というのならきっとありがたい存在なのだろう。会いたいとは思わないが。

そんつる様が移動する音が小さくなるのを待ってから、公之介は「では、そろそろ参りましょうか」と立ち上がる。

「ちょっと待ってくれ。まだ訊きたいことがたくさんあって」

「それは歩きながらにしましょう。早くここを出ないと、夕食に間に合いませんから」

そうして、食い意地の張ったハムスターは可愛いお尻をぷりぷり振りながら集を先導し始めた。

◎

押入れの中にあったエレベーターに乗って最上階で降りると、そこには湖のような温泉が広がっていた。どうやって渡ればいいか悩んでいたところ、手漕ぎボートが一艘浮いていたのでありがたく使わせてもらう。

温泉をどうにか渡り切り、その先にあった雪見障子をピシャリと開けると、次に待ち受けていたのは天井と床が逆さまになっている部屋だった。照明器具が足元にあって歩きづらく、ドアノブも高い位置にあるので開けにくい。そんな変な空間を抜けると、今度はシンプルな正六面体の部屋に出た。四方にはそれぞれドアがあり、どれを開けても全く同じ見た目の部屋に繋がっている。

「何か、こういうパニック映画観たことあるな」

「ほほう。私も観てみたいです。今度一緒に観ましょう！」

「いや、さすがに自分が閉じ込められた後じゃ観る気は起きないって」

無言も何なので話しながら歩いているうちに、気がつけば集は公之介と普通に話せるくらいに打ち解けていた。奇怪なことに変わりはないが、言葉を話せることにさえ慣れてしまえば可愛いものだ。

それにしても、進んでも進んでも同じ部屋というのは気が滅入ってくる。

「何で俺がこんな目に……」

「集殿が女将さんの許可を得ていないのに扉の中に入ってしまったからですよ」

それは、例の『関係者と妖怪以外立ち入り禁止』の貼り紙がされた金属製の扉のことを指しているのだろう。確かに、好奇心に負けて入ってしまったのは事実だ。

初めて綾詩荘に来た日の夜、扉を開けようとした手を先生に止められたことがあった。

ひょっとして、先生は扉の先がこんなところに通じているのを知っていたのだろうか。

「そもそも、公之介があの扉の中に逃げ込んだのが悪いんだ」

「集殿に私の存在に気づいてほしいからこそ、私はたびたびああして現れていたのです」

「だったら、何で逃げるんだよ？」

「毎回棒状のものを手に取って、私を追い回すからではないですかっ！」

「虫か何かだと思ってたんだから、そうなるだろっ！　それに、公之介が扉をきちんと閉めていれば俺だって無暗（むやみ）に開けたりしなかったのに！」

「急いで逃げ込んだのですから、閉め忘れは仕方がないでしょう！」

言い争ったところで、余計に疲れるだけのようだ。

「……ごめん」

「こちらこそ、すみません」

互いに詫（わ）びると、一人と一匹は再び部屋を渡り歩き始めた。

「それで、ここは一体どういう場所なんだ？」

次のドアを開けつつ、集は尋ねてみる。疑問は尽きないのだ。一つずつ解決していかないと。

「この複雑に入り組んだ間取りは、そんつる様の力によって生み出されています。あのお方は、この民宿の間取りを自在に作り変えることができるのですよ。この迷宮は、侵入者を惑わす防犯システムのようなものですね」

「侵入者って……俺、一応経営者の孫なのに」

「女将さんの承諾を得て入っていないのは事実ですから」

「承諾も何も、ばあちゃんが忙しすぎて、越してきて一週間も経つのにまだ一度も会えてすらいないんだぞ」

文句を言いながら進むうちに、同じ部屋の続く迷路をようやく抜け出した。ドアの向こうに通っていた廊下の天井からはステンドグラスの笠がついたランプが一つ下がっており、優しい明かりが桐簞笥を照らしている。その上にポツンと置かれた赤べこの光沢のある赤色が、妙に印象に残った。

公之介が「こちらです！」と、自信満々に右へ進んだ。階段を上っては下りて、穴だらけの床を慎重に進み、積み上がったガラクタを退けながら出口を目指す。その結果、見覚えのある赤べこと再び対面することになった。

「失礼。こっちでした」と、公之介は続いて左へ進む。こちらの道もなかなか険しかったが、行き着く先は結局元の場所だった。

赤べこと目が合って動きを止めてしまった公之介に、集は尋ねてみる。

「……もしかして、迷ってる？」

公之介は「申し訳ありません！」と頭を深々下げてきた。

「私もここへ来てまだ一週間くらいなものですから、正確に把握できていないのです」

住み着いて長いものと勝手に思い込んでいたが、集と似たようなタイミングで公之介もここにやって来たようだった。

「謝らなくていいよ。こんなデタラメな間取り、道を覚えろって方が無理あるし」

とはいえ、これで闇雲に進むしかなくなってしまった。

とりあえずまだ通っていないルートを進んでみようと、適当に開け放った障子の向こうにあった階段を下りてみる。すると、階段の踏み板が突然バタンと一斉に閉じ、単なる滑り台と化してしまった。為す術(すべ)なく滑っていく集と公之介は、芝生が植えられた広い空間へと放り出される。

「いてて……大丈夫か、公之介？」

「はい、何とか。それにしても、これはまたヘンテコなところに出てしまいましたね」

開放的なその場所は、照明も下がっていないのに日中の空の下のように明るかった。寝転がると心地よさそうな一面の芝生の中央には、小さな茅葺(かやぶ)き屋根の建物がポツンと立っている。

警戒しつつ近づいてみると、やたら低い入口の戸には南京錠がかかっていた。しかしボロボロに錆びついており、試しに集が触れてみるとそれを待っていたとでもいうように崩れ落ちてしまった。

「……覗いてみる？」

提案すると、公之介は頷き集の肩に飛び乗った。戸を少しだけ開き、一緒に中を覗き込む。そこは、ごく普通の和室だった。床の間に置かれた茶道具や、部屋の中央の畳をくり抜く形で設置されている炉を見る限り、おそらくは独立した茶室なのだろう。

「中へ入ってみましょうか」と、公之介が提案する。

「ほら、扉の向こうに謎の空間があれば、入ってみたくなるもんだろ？」

痛いところを突くと、公之介は恥ずかしそうに顔をくしくしと洗っていた。とはいえ、中が気になるのは集も同じだ。指を引っかけると、力任せに建付けの悪い戸を一気に引く。

茶室は長年使われていなかったのか、埃まみれの有様だった。戸を開け放ったことで風が流れ込み、舞う埃が差し込む光に照らされてキラキラと輝いている。脱出の糸口はないかと中を散策していると、公之介が何かを見つけた。

「集殿、これは何でしょう？」

公之介が小さな指で示しているのは、炉の中に置かれている小さな四角い物。手に取り埃を払ってみると、それはちょうどスマホくらいの大きさの桐の箱だった。

一体何が入っているのか。緊張の面持ちで蓋を開けると、現れたのは——たった一本の、黒い髪の毛のようなもの。

「何だこれ？」

集は公之介と顔を見合わせて首を捻る。お宝を期待したのにと箱を放り出そうとしたところで、その変化は起きた。

「……公之介。この髪の毛、今動かなかったか？」

「何をおっしゃるんですか集殿。髪の毛が動くなんて、非現実的ですよ」

「喋るハムスターに言われてもなぁ」

話している途中で、箱の中の毛はまたピクリと動いた。見間違いではない。さらに、奇妙なことは続く。

「何か、枝分かれしてないか？」

箱を開けた時は、確かに真っすぐな一本の毛だった。それが今、先端が二本に分かれて枝毛になっている。元々二本あった毛が重なっていただけとも考えられるが、そんなことを考えているうちに枝の本数は倍の四本に増えていた。

髪の毛が勝手に動き、枝分かれしている。そう認識した途端、毛は無数に分かれてぶわっと一気に伸び、集の手に植物の根のように絡みついてきた。

「おわぁっ⁉」

驚きとともに振り払うと、毛の束は茶室の壁に激突した。すると、次はそこを起点に室内全体に毛を這わせていく。狭い茶室はあっという間に黒一色で覆われてしまい、蛇のようにうねる毛が集と公之介へ向かって一斉にうにょうにょと伸びてくる。

「公之介っ！」

集は公之介を掬い上げ、両手で囲い抱き込んだ。直後に、視界は全くのゼロになる。毛の中に飲まれてしまったようだ。増殖する毛に耐え切れなくなったのか、茶室がメキメキと崩壊する音が聞こえてきた。

狭い空間から解き放たれた毛は、濁流となって芝生の空間へと流れ出る。毛は止まることを知らずにその量を増やし続けているため、巻き込まれた集は為す術なく流されていくことしかできなかった。

毛が口に入ってきて、呼吸がしづらい。このままでは窒息してしまうと命の危機を感じた時、背中が何か硬い物を強引に突き破った。その途端、体がふわりと浮く感覚に襲われる。

目に映るのは、オレンジ色をした夕暮れ時の空。口の中の毛を吐き出して、集は待望の外の空気を目一杯吸い込んだ。

「やったぞ公之介！　外に出られたぁぁぁぁぁっ⁉」

喜びはすぐに恐怖へ変わった。背中が突き破ったのは上階の窓だったようで、集の体は真っ逆さまに地面に向かって落ちていく。

「うおぉぉぉ⁉　もっ、もう駄目だぁ！」

「お任せください！」

集の手から飛び出した公之介は、くるりと回るとその体を何倍にも膨らませて大きな座布団と化した。その上に、集は危なげなく受け止められる。

「すっ、凄い……！　凄いな公之介っ！　こんなことができるなんて！」

元のハムスターへ戻った公之介は、べた褒めされたのが照れくさいのか、くしくしと顔を洗っていた。詳しいことはわからないが、人語を話せるだけのハムスターではないらしい。

「今のは何なんだ？」

「変化術ですよ。私は化けハムスターなので」

狐や狸や猫が化けるというのは聞いたことがあるが、ハムスターが化けるというのは初耳だ。しかし、仮にそれらの獣が化けられるのなら、ハムスターだって化けられないことはないのだろうと集は納得した。実際、こうして公之介の変化術に助けられたのだから。

「もっといろんなものに化けられるのか？」

「極端に大きかったり、仕組みが複雑でなければ大抵のものには化けられますよ」

「おお！　凄いっ！　じゃあさ、例えば――」

公之介の力に興奮していた集は――硬直して、言葉を失う。そうなった原因は、周囲の光景にあった。

――異形。

あっちを見てもこっちを見ても、目に映るのは人ではない異形の者達ばかり。大きな一つ目の子どもや、五メートルは優に超えている大男。目が百個はついていそうな肉の塊に、両腕が鋏になっている化け物。見たことのない獣もいれば、手足の生えた動く器物までいる。

「ひぃぃッ！」と弱々しい声を上げ、集は小さな公之介の背中に隠れた。

「何を驚いているのですか？」

「驚くに決まってる！　あやかしがこんなにたくさんいるなんて聞いていないぞっ！」

「そりゃあ、たくさんいますよ。人間界側を〝表通り〟とするならば、ここは水木しげるロードの〝裏通り〟。あやかしが営む商店街なのですから」

「はぁ!?」

公之介の言葉を、当然鵜呑みにはできなかった。だが、実際に立ち並んでいる店は表通り側とは形が異なり、看板の店名も違う。極めつけは、振り返った先にあった。

そこに聳えるのは、先ほど集達が弾き出された綾詩荘——のはず。しかしその建物は、集の知る綾詩荘のオンボロな外観とはかけ離れた見た目をしていた。

三階建ての純和風な木造建築で、屋根には漆を塗ったばかりのような光沢を放つ艶のある瓦が敷き詰められている。等間隔に並んだ装飾窓からは暖かな橙色の明かりが漏れており、まっさらな漆喰の外壁にはヒビなど一つも見当たらない。

玄関屋根の上に載っている一枚板の立派な看板には、丁重に彫り込まれた『綾詩荘』

の文字。玄関先に『千客万来』と書かれた札の貼ってある金色のヤカンがぶら下がっているのが少し気になったが、そこを差し引いても表通りの廃墟のような見た目とは似ても似つかない、まさに老舗の高級旅館だ。境港に来る前に思い描いていた集の理想の下宿先そのものの姿が、そこにはあった。

「嘘だろ……これがあのボロ民宿と同じ建物なのか!?」

にわかには信じられない。ベタに頬をつねってみると、柱に頭をぶつけた時と同様に痛みを感じた。やはり、現実で間違いないらしい。

「……集かい？　何でここにおるだ？」

名前を呼ばれて振り返ると、そこには一人の女性が立っていた。全体に唐草模様のあしらわれた淡い水色の着物を身に纏い、梔子色の帯を腹部に巻いている。聞き慣れない喋り方は、この辺りの方言だろうか。

やや痩せ気味だが、不健康そうには全く見えない。後頭部で夜会巻きにしている白髪は、なかなかに年を重ねているその人を優雅で気品の溢れる存在に見せていた。

「ええと……ばあちゃん？」

もしかして、と思いつつ半信半疑で尋ねてみると、彼女はゆっくりと頷いた。

ようやく会うことができた。一時は存在しないのではとすら思っていた祖母のスエノは、きちんと実在していた。安堵した一方で、今度は怒りが湧いてくる。こんなわけのわからない民宿に何の説明もなく一週間も放置されていたのだから、文句の一つくらいは言う権利があるはずだ。

「ばあちゃん！　一体何がどうなってるんだよ？　俺全然わかんないんだけど――」

集の怒りは、綾詩荘の窓ガラスが一斉にバリンと砕け散る音に阻まれた。そして、全ての窓枠からおびただしい量の黒い毛が流れ出てくる。

しまった。あの無限に増え続ける謎の髪の毛のことをすっかり忘れていた。

「その箱」

スエノはパニックを起こすこともなく、集のポケットからはみ出していた桐の箱を指さす。髪の毛に流される直前、咄嗟に捻じ込んでいたのだ。それを引き抜いて手渡すと、スエノは顔を顰める。

「やっぱり、麻桶毛の封印を解いてしまっただか」

「マユゲ？」

自分の眉毛を触る集に、スエノは呆れたような溜息をついた。

「そのマユゲとは字が違う。麻桶毛は、一度空気に触れりゃあ際限なく枝分かれして伸び続ける髪の毛の御神体のことだがね。鍵をかけて封印しとったはずなのに」

「え、ええと……ごめん。南京錠がかなり錆びてて、触ったら簡単に取れちゃってさ」

詫びながら説明すると、スエノは「手間のかかる孫だがね」と口をへの字にした。

麻桶毛の増殖は止まらず、今や裏通り全体を飲み込もうとしている。毛の大群は、その一本一本が意思のある蛇のように蠢きながらこちらへと押し寄せてきていた。まずい。

あまりに広範囲で、どこへ逃げたらいいのかすらわからない。

「摑まってくださいっ！」

その時、公之介がその場でくるりと一回転して自らの姿を大きな鷹へと変えた。背中に集とスエノを乗せて飛び上がり、どうにか濁流に飲まれずに済む。

「助かったよ公之介！」

「ですが、二人分の体重では長く持ちません！」

焦った声で、鳥の姿の公之介が踏ん張ってくれている。そんなことを言われてもどうしようもないと途方に暮れる集の後ろで、スエノが「仕方ないねぇ」と両手をパチンと合わせた。そして、

「そんつる様。何卒よろしくお願いいたします」

その名前は、確か民宿の守り神のもの。そう気づいた時には、すでに変化が始まっていた。あれだけ荒ぶっていた毛の濁流が、ピタリと動きを止めたのだ。いや、止めたどころか、流れに逆らって綾詩荘の中へと戻り始めている。

周囲の建造物に根を張るようにしてしばらく耐えていた麻桶毛だったが、ついには力尽きて物凄い勢いで民宿の中へと吸い込まれていく。建物の奥から聞こえてきたズルズルという音は、まるでラーメンを豪快に啜っているかのようだった。

地上に降り立った公之介はハムスターの姿に戻り、体力が尽きた様子で倒れ込む。スエノはその場に唯一残された一本の毛を回収すると、再び桐の箱に封印した。

◎

麻桶毛の暴走により、豪華絢爛な綾詩荘は見るも無残な状態になり果てていた。窓ガラスはほぼ全て割れており、瓦は辺りに散乱して、建物そのものも大きく傾いてしまっている。

これも、好奇心に身を任せて封印を解いてしまった自分のせいだ。集が罪悪感で顔を青白くさせていると、それはいきなり起きた。

綾詩荘が——早戻しでもするかのように、見る見る元の状態へと回復していくのだ。

「なっ……何が起こってるんだ？」

「そんつる様の力だがね。あのお方がここにおる限り、綾詩荘が壊れることはない」

一体、どういうことなのか。もう何でもありなファンタジーの領域だと、堪らず頭を抱えてしまう。孫のリアクションが面白いのか、スエノはニヤニヤと楽しそうに口角を上げていた。

「さあ、ついてきんさい」

そう言ってスエノが復活した綾詩荘の入口へと向かったので、集は公之介を肩に乗せてその後を追った。

赤や茶色、オレンジなどの暖色系で統一されたロビーは、そこだけで表通り側から見えたボロ民宿が丸々一棟収まりそうなほど広かった。上の方は霞んでおり、天井を視界に捉えることすらできない。そんな途方もなく高い位置からいくつも下りてきている宝石のようなペンダント照明が、ロビー全体を温かく照らしていた。並べられている高そうな革のソファーでは、大小さまざまなあやかし達が楽しそうに談笑している。

「和やかだな……あんな騒ぎの後なのに」

「あのくらい、ここではしょっちゅうだがね。みんな慣れとる」

人間基準では死にかけるレベルの大事件だと思うのだが。あやかしというのは、相当肝の据わっている連中のようだ。そう考えると、目の前のスエノも肝だけは妖怪並みということになる。怒られそうなので、口には出さないが。

明るいロビーを抜けて扉をいくつか通り、表通り側とは違い床鳴りのしない艶々としたフローリングの廊下を進む。その先にある八畳の和室に、集と公之介は招かれた。出された座布団の上に胡坐を搔くと、スエノが向かい合う形で正座する。ハッとなり、集も正座で座り直した。

「まずは入学おめでとう、集。挨拶が遅くなって、すまんかったね」

「……そんなこと、もうどうでもいいよ。わけわかんないことが多すぎて、こっちは何から訊けばいいかすら見当がつかないんだから」

民宿の中で迷宮に閉じ込められて、喋るハムスターと出会って、あやかしがわんさかいる水木しげるロードの裏通りとやらに弾き出されて、大量の毛で溺れそうになった。

初体験の出来事が多すぎて、未だに心臓はバクバクと脈打っている。

「じゃあ、順を追って話そうかね」

スエノはピンと背筋を伸ばして、少し考えた後で口を開いた。

「アタシら夜守家は、先祖代々〝夜を守る一族〟とされてきた」

「夜を守る？」

「祓い屋のことだがね。集にもわかりやすく言えば、陰陽師やヴァンパイアハンターってところかね」

スエノ曰く、夜守家の先祖は特殊な術や道具を駆使してあやかしを退治し、生計を立てていたそうだ。

「アタシも祓い屋だった。でも、あやかしを恨み恨まれる毎日に疲れちまってね。そんでアタシが五十の時、ここに水木しげるロードができた。人間達は、あやかしと仲良くしようとしとる。そして、仲良くなれたならもう争う必要もなくなる。だけんアタシは、元々この地に立っとった家を買い取って、あやかしも泊まれるこの民宿を開いただがね」

「でも、この間までいがみ合っていた相手が泊まりに来てくれるもんなのか？」

「あの大賑わいなロビーを見て、ようそげなことが言えるねぇ」

実際に多くのあやかしが来ている以上、人気は証明されていると言いたいらしい。確かに、さっき通ったロビーには数え切れないほどのあやかしがいた。今の人気っぷりは、三十年という月日に渡るスエノの努力の賜物なのだろう。

「表通り側の綾詩荘で受け付けとる人間の客はさっぱりだけど、裏通りの綾詩荘は大繁盛。集がここに来てから飲み食いしたものは裏通り側の稼ぎで買ったものだけん、あやかし達には感謝せんといけんだで」

　そもそもあやかしに金銭の概念があるのかと疑問に思ったが、実際にこうして経営が成り立っているのだから、現金かどうかは別としてきちんと貰うものは貰っているのだろう。

「そもそも、何でほとんど客の来ない表通りの綾詩荘の経営も続けてるんだ？　先生が泊まってるから？」

「それもなくはないが、一番の理由は別にある」スエノは目尻に皺を寄せて「アタシの夢は、いつか人とあやかしが分け隔てなく共存できる世の中にすること。綾詩荘は、そのために作った人とあやかしとを繋ぐ懸け橋なんだがね」

　人とあやかしとの懸け橋。その言葉で、集は自分の肩から下りて手のひらの上で丸くなっている公之介を見下ろした。

　集は、この民宿に来たことで公之介と出会っている。彼のことはまだ知らないことだらけだが、これからも仲良くしていきたいと思っていた。スエノの言う懸け橋とは、こうして人とあやかしとを引き合わせることを示しているのだろうか。

「表通り側にあるあの金属製の扉はね、ちゃんと宿泊の手続きを済ませた者が入れば裏通り側のロビーへ直通で行けるようにできとる。そんでもって、宿泊中の人はそんつる様の力で一時的にあやかしが見えるようになるだがね。逆に許可のない者が入れば、迷宮のように複雑な裏通り側の民宿の最深部に放り込まれてしまう」

「だったら、俺にも許可を出しといてくれよ！　おかげで酷い目にあったんだぞ……」

集が項垂れると、スエノは「ヒャッヒャッヒャッ！」と妖怪染みた高笑いを披露した。

一生出られないかもと思ったのだから、笑い事ではない。

「すまんかったね。実を言うと、迷っとったに。お前さんをあやかしに会わせるかどうかか。でも、夜守家の血筋の集には、やっぱり強い霊感があるようだね」

「霊感？」

「あやかしを感知する器官みたいなものだで。サングラスをかけとったのは、あやかしを見たくないのも理由の一つだが？」

サングラスという言葉で集はハッとし、ゆっくりと視線を逸らす。その理由を、スエノはあっさりと見抜いた。

「自身の呪いの目が怖いだか、集？」

「……ばあちゃんは、この目の原因を知ってるのか？」

問うと、スエノは静かに頷いた。

「そのこともあって、お前さんを境港に呼んだんだで。いい加減、知るべきだと思ったけんね。その呪いの正体を」

長年自分を苦しめてきた呪いの正体が、ようやく判明する。緊張で喉が急激に渇き、額からは嫌な汗が滲んできた。目のことを知っているはずなのに、スエノは臆することなく、集としっかり目を合わせて口を開いた。

「お前さんの呪いは、憑き物により与えられたものだ」

「……憑き物って、狐憑きとかそういうもの？」

「そげだ。集に憑いとるそれは、名を〝牛蒡種〟という」

「ゴンボダネ？」

「野菜の牛蒡に植物の種で、牛蒡種」

「はぁ……」

名前を聞く限りでは、何だか大したことはなさそうだ。

スエノは立ち上がると、箪笥の上にある漆塗りの箱を手にして戻ってきた。金色の雉の蒔絵が描かれている蓋を開けると、中には硯と固形墨、水差と筆が一本収まっている。

「公之介や。これに水を入れてきてごしない」

「お任せください！」

陶器でできた小さな水差を持ち上げて、公之介が部屋をとたとたと出て行く。すぐに戻ってきた彼の手から水差を受け取ると、スエノは「だんだんね」と微笑んだ。

「だんだん？」

「ああ。この辺りの方言で『ありがとう』って意味の言葉だがね。とはいっても、最近の若者は使わんだろうけど」

話しながらも、スエノは手際よく墨を磨っていく。やがて硯の中に少量の墨汁が出来上がると、それを筆の毛先に吸わせた。

「集、左手を出しんさい」

「え？　はい」

「反対だがね」

言われるがままに手を裏返して、手のひらが上を向くようにする。するとスエノは、手首の脈拍を測る辺りに墨汁を一滴垂らした。

それは皮膚に浸透し、まるで生きているかのように形を変化させる。そうして現れたのは〝七十四〟という数字だった。

「それは垂らした人の中におる憑き物の数を示す特殊な墨だで。祓い屋が憑き物を見落とさんようにするための道具。ちなみに、憑き物が落ちるまでは洗おうが擦ろうが絶対に消えんけんね」

「はぁ？　消えないって、学校行く時とかどうするんだよ⁉」

「心配せんでも、その数字が見えるのはあやかしか、あやかしが見えるくらいの強い霊感持ちくらいだけん」

だとしても、先に説明してほしかった。落ち込みながら、改めて自身の左手首に目を落とす。――そこで、事の重大さに気づいた。

「っていうか、七十四ッ⁉　俺の中に、七十四匹も憑き物がいるのか⁉」

「ヒャッヒャッヒャッ！　ようやく気づいたかい」

自分は今まで、そんなに数多くのわけがわからないもの達と同居していたのか。事実を知った途端に全身がむず痒くなり、ぞわりと鳥肌が立つ。

「牛蒡種ってのは、七十五匹のあやかしから成る憑き物。憑かれたものは邪視の力を与えられて、少なからず妬みや恨みを持って睨んだ相手に体調不良を引き起こす。本来は家系に取り憑き家族全員に影響をもたらすもんだが、そこは夜守の器の成せる業かね。お前さんは、その全てを自分一人で受け入れてしまっとる」

「それは……凄いことなのか？」

「まあ、得することは特にないけどね。夜守家の人間にも、いろいろとおる。アタシの次男、つまりお前さんの叔父さんなんて、霊感が全くのゼロだっただで。人は誰しも微量な霊感くらいは持っとるもんだけん、あの子はかなり珍しいね」

夜守家だからといって、必ずしも霊感を持って生まれるわけではないらしい。

「ばあちゃんは元祓い屋なんだろ？　憑き物を落とすことってできないのか？」

「一四二四なら造作もない。でも、さすがにそれだけの数が束になっとったら無理だで」

ハッキリと言われてしまい、集は畳に額がつきそうなほどがっくりと肩を落とす。結局、自分はこれから先も忌々しいこの目に振り回される人生を送らなければならないのか。

絶望した後で、待てよと再び左手首に視線をやった。

「……ばあちゃん、さっき牛蒡種は七十五匹って言ったよな？　手首の数字は七十四なんだけど」

これでは、辻褄が合わない。一匹足りないことになる。

「何を言っとるだや。その一匹に、お前さんはもう会っとる」

スエノの言葉に導かれて、目が合ったのは畳の上でこちらを見上げている公之介だった。

思い返せば、公之介はなぜか目の事情を知っていた。それに、ここへやってきたのも集と同じ一週間ほど前だと言っていた。公之介が元々集の中にいた存在だったと考えれば、全て納得がいく。

「牛蒡種はね、元々お前さんの母親の家系に憑いていたものなんだで」

「……母さんの？」

「ああ。集の母親が亡くなった時、憑き物は末裔であるまだ赤子だったお前さんに乗り移った」

「それはまた、ずいぶんな置き土産だな……」

この目のせいで、散々な人生を送ってきた。それが亡き母親からの形見だったというのは、皮肉な話だ。

「だがね、お前さんの中にいるのは何も悪いものばかりじゃない。今なら、それはわかってもらえるだぁが？」

集は再び公之介を見下ろす。迷宮に迷い込んだ自分を、彼はわざわざ探しに来てくれた。窓から放り出された時は大きな座布団に変じて守ってくれて、麻桶毛の濁流に飲まれかけた時は巨大な鷹に化けて助けてくれた。

ずっと自分の中にいたという公之介と対面して過ごした時間は、まだ短い。それでも、公之介がどれだけいいハムスターなのかを知るには十分だった。

「牛蒡種は、元はそれぞれが自我を持っていたあやかしだで。無理に祓おうとせんでも、ここの妖気に当たっていればそれぞれが自然と意識を取り戻して、後はきっかけさえあれば公之介のように一匹ずつ剥がれ落ちていく」

「きっかけって？」

「それは、集殿の感情の変化です」

横から答えたのは、それまで聞き役に徹していた公之介だった。

「例えば私は、集殿の新生活への不安を引き金にして分離しました」

言われてみれば、サングラス越しに黒い影を見るのはいつも心のどこかで不安を感じていた時だったような気がする。不安を元に離れたからこそ、公之介は集の不安を取り除くための手助けをしてくれていた部分もあったのだろう。

「……というか、それならばあちゃんは何で俺を最初からここで育ててくれなかったんだよ？　子どもの頃からここで生活していれば、牛蒡種は今頃全部剥がれていたんじゃないの？」

尋ねてから、迂闊な質問だったと後悔した。もしかしたら、単に邪魔だったのかもしれない。そんなことを言われてしまったら、どんな顔でこの先スエノと接すればいいのかわからなくなってしまう。

「憑き物を剝がすには、それなりの体力がいる。子どもの、ましてや赤子の体ではそれに耐えられん。せめて、高校生くらいにはならんとね」

しかし、返ってきたのは集が危惧したような答えではなかった。だからスエノはあえて集を遠ざけ、高校に進学する今になってから境港に来ないかと誘ったらしい。

「今までほったらかしにしてすまんかったね、集」

丁重に白髪頭を下げる祖母にかけるべき言葉は、すぐには出てこなかった。父も母も他界した自分にとって、もっとも血の繫がりが濃い人間の一人がスエノだ。集は長い間、スエノは孫である自分に興味がないのだと思い生きてきた。

だが、憑き物剝がしのリスクの説明を受けて、これだけ複雑なあやかし絡みの事情を見せられた今、距離を置かれていた理由には十分過ぎるほど納得ができた。

「……もういいよ、ばあちゃん」

集が柔らかな口調でそう伝えると、スエノは申し訳なさそうに控え目な笑みを作り「だんだんね」と口にした。

まだ聞き慣れない、方言でのありがとう。何だか照れくさくなって頰を掻いていると、スエノは着物の袖からスッと筆箱サイズの箱を取り出した。それを、集に向けて差し出す。

「ほれ。遅くなったけど、入学祝いだがね」

「えっ？……あ、ありがとう！」

驚きつつも受け取って早速開けてみると、中に入っていたのは細い黒フレームに角が丸まったレンズのついた眼鏡だった。大きさからして高級な万年筆か何かだと期待していた集は、まさかのプレゼントを前にして素直に喜べない。

「……ばあちゃん。せっかくだけど、俺そんなに視力悪くなくて。……それに、サングラスかけるから眼鏡はかけられないし」

顔色を窺いながら手放しで喜んだりはせずに、本心を伝えた。すると、スエノは自慢げに説明を加える。

「それは裏通り商店街の眼鏡屋に特注で作らせた、牛蒡種の力を外に漏らさない特殊なレンズの眼鏡だで。学校でも、サングラスよりは目立たなくていいと思っただけど」

「ほ、本当にっ⁉」

それは、集が他の何を差し置いてでも欲しい一品だった。

「まあ、いらんと言うなら返品するかね」

「いっ、いる！　いるよっ！　ありがとう！」

意地悪なスエノに礼を伝えて、早速眼鏡をかけてみる。大きさは、まるで採寸して作ったかのようにピッタリだった。

「こんないいものがあるなら、もっと早く欲しかったよ！」

「そげな便利なもんがホイホイ手に入るわけがないがな。それなりの時間と、少なくない金額が必要なんだで」

喜びのあまり、プレゼントされておきながら生意気なことを口走ってしまった。反省していると、元気づけるように公之介が拍手を送ってくれる。

「お似合いですよ、集殿！」

「ありがとう公之介」

ここで、違和感を覚える。

「……あれ？　何で公之介の姿が見えるんだ？　目の力は、この眼鏡が防いでくれるんじゃ？」

「何を言っとるだや、集。お前さんの目にあやかしが映るのは、お前さん自身の持つ霊感のせいだで。その眼鏡が封じるのは、牛蒡種の邪視の力だけ。おまけに今回の一件で、サングラスで誤魔化してきた霊感も完全に覚醒（かくせい）したようだけん、今なら多分サングラス越しでもあやかしの姿は普通に見えてしまうと思うで」

信じたくないことだが、今後はどう足掻（あが）いてもあやかしとは切っても切れない人生を歩むしかないらしい。ショックのあまり、集は畳に両手をつく。

「そ、そんな……」

「まあ、そのうち慣れるわい」

落ち込む孫へ気楽に言うと、スエノは一枚の紙を集に差し出してきた。受け取って見るとそれは請求書で、金額は何と——百万円。

「……ばあちゃん、何これ？」

「眼鏡代」

「いや、さっき入学祝いって」

「百万円。払えないなら、働いて返してもらうけんね」

——やられた。悔しいことに、まんまと嵌められたようだ。

牛蒡種を剝がすにはここにいなければならず、そこへ高校生が払えるわけがない百万円という負債。眼鏡を手放せばいいのだろうが、これは集が喉から手が出るほど欲しかったお宝だ。そうなれば、ここで働く以外の選択肢は残らない。

「ちょうど従業員が足らんで困っとっただがね。しっかり扱き使っちゃるけんな！　ヒヤッヒヤッヒヤッ！」

腹黒女将の妖怪のような高笑いは、しばらくの間民宿内にこだましていた。この先、上手くやっていけるのだろうか。集の胸には、不安がぐるぐると渦巻いていた。

二話　たたりもっけの向かう先

行き慣れた商店街に来たはずなのに、いつの間にかそれまでとは雰囲気の異なる場所に立っていた。

建物の陰からおそるおそる覗（のぞ）いた先を跋扈（ばっこ）しているのは、見たことのない生き物ばかり。幼い少女は、恐怖で震え上がった。

異形達の中に人を見つけて、少女は駆け寄り助けを求める。しかし、その人もまた後頭部に大きな口を持つ異形だった。堪（たま）らず悲鳴を上げると、途端に「人間がいるぞ！」と周囲が騒ぎ出す。

少女は逃げた。小さな体で建物と建物の隙間を通り抜け、迷路のような路地裏を駆ける。

ここには、化け物しかいない。頼れる人などいない。奴らに見つかれば、きっと食べられてしまうだろう。異形達が自分を探す声を遠くに聞きながら、少女は膝（ひざ）を抱え縮こまる。

一体、どれだけの時間そうしていたのだろう。喉（のど）の渇きも空腹も、とっくに限界を超えている。

自分はきっと、このままひっそり死んでいくのだ。悟って目を閉じようとした時――

それは、突如として空から舞い降りてきた。

◎

裏通り側の玄関先に吊るされている『千客万来』と書かれた札が貼られた金色のヤカンは、ヤカンヅルというあやかしらしい。中には石のようなものが入っており、自ら揺れることでガランガランと音を鳴らして来客を知らせてくれる。綾詩荘にいなくてはならない、立派な従業員だ。

ゴールデンウィークともなれば、そんなヤカンヅルの音は鳴りやまない。あやかしに連休の概念があるのかは疑問だが、人間達が浮かれていればあやかし達も浮かれるものなのかもしれない。

高校入学後初めての、貴重な連休。集は藍色の作務衣に身を包み、せっかくの休日を綾詩荘でのバイトに費やしていた。

今日は体長が十メートルを超える大入道の宿泊に備えて巨大な布団を死に物狂いで干し、人の髪が好物のあやかしの夕食確保のために市内の床屋を駆け回り、やけに毒々しい色をした料理を持って厨房から宴会場の間を何往復もさせられた。

「やあ、精が出るね」

枕返しというあやかしから枕投げをしたいというリクエストがあり、大量の枕を運んでいた最中、そう声をかけられた。一旦荷物を下ろして振り返ると、無数の目玉を持つ赤い肉の塊に手足が生えたような見た目のあやかしがこちらに向かって手を振っている。

「おわっ、ひっ、百目さん……こんにちは」

彼は百目というあやかしで、名前の通り体に百個もの目玉がついている。集の眼鏡を作ってくれた、裏通り商店街の眼鏡屋の主人だ。何度か会ってはいるのだが、百目はこれぞ妖怪というような見た目をしているので、対面するとまだ反射的に驚いてしまう。いつかは慣れる日が来るのだろうか。

「どうだい、眼鏡の調子は？」

「も、問題ないです」

「そりゃあよかった。では、せっかくだから私は温泉に入っていこうかな」

眼鏡のことを気にかけて、たまにこうして綾詩荘に来てくれるのだが、本当の目的は温泉なのかもしれない。ちゃっかり入浴セットを小脇に抱えている百目の後ろには、連れのあやかし達の姿もあった。

「おや、初対面かな？　紹介するよ、集君。商店街の仲間で、こっちは文房具屋の網切」

鳥のような嘴とサソリのような鋏を両手に持つあやかしが、「よろしく」と握手を求めてきた。手が鋭利な刃物なので握り返せずにいると、網切は「おっと、うっかりキミの手を切り落としてしまうところだった」とおどけてみせる。冗談のつもりのようだが、集は苦笑いを浮かべるのが精一杯だった。

「で、こっちは楽器屋の三味長老」

続いて、逆さにした三味線の皮が貼ってある部分に落書きのような顔を持つあやかしが「よろしくね」と挨拶してくれたが、今度は握手を交わす手がそもそもない。「おっと、ワシは三味線だから手がなかった！」と三味長老がペロリと舌を出すと、百目と網切は腹を抱えて大爆笑していた。

そんな愉快な裏通り商店街の三人組が温泉へ向かうのを見送ると、どっと力が抜けたような気分になった。人でもあやかしでも、話の合わないおじさんとの会話に付き合うのは同じように疲れるものらしい。

集が綾詩荘で働き始めて、一か月ほどが経った。まだまだあやかしの見た目には慣れないが、接してみれば気のいい者達だということは少しずつわかってきた。スエノにここで働いて借金を返せと言われた時はどうなることかと思ったが、今のところは何とかやれている。

「さてと」

集は再び、大量の枕の入った風呂敷を担ぎ上げる。だが、重みで足元がふらつき押し潰されるように倒れ込んでしまった。

「いてて……参ったな」

「全く。この程度で情けないねぇ」

　そこへ通りかかったスエノから、辛辣な言葉を浴びせられる。スエノの服装は、今日も初めて会った時と同じ淡い水色の着物だった。それ以外の服を見たことがないのだが、同じものを数着持っているのだろうか。

「馬鹿にするんだったらばあちゃんが……」

　持ってみろよ、と続けたかったが、集の荷物より遥かに重たそうな酒樽を担いでいる姿を前にしては、言葉を飲み込むしかない。

「それに比べて、公之介は案外筋がいいがね」

　枕の下敷きになりながらどうにか首を捻り、スエノの視線の先に目をやる。そこにいる短めの金髪に色黒で筋肉質な体をした二十代半ばくらいの男こそ、人間の姿に化けた公之介だった。彼は宿泊客を軽快なトークで楽しませて、道に迷っているあやかしがいればすぐに声をかけるなどの気配りを通常業務の合間に披露している。

　そんな公之介が、集の置かれている状況に気づいて駆けつけてくれた。

「集殿！　大丈夫ですか？」

　ジャンガリアンハムスター形態の時とは異なる、太い男性の声。公之介は、集とお揃いの藍色の作務衣を纏っている長身から伸びた逞しい腕で、枕の山から体を引き抜いてくれた。

「ありがとう公之介。助かったよ」

「今の私は、ダンディでしたか？」

「ああ。かなりダンディだった」

答えると、公之介は嬉しそうに白い歯をキラリと輝かせた。

これまで接してきてわかったことなのだが、どうやら公之介は『可愛い』という言葉が苦手らしい。ハムスターなのだから可愛いに決まっているのだが、彼の性別はオスだ。オスである以上、可愛いとチヤホヤされる存在ではなく、誰もが一目置くダンディな男になりたいのだとか。

公之介が妙に気に入ってしまっている『ダンディ』というキーワードは、民宿内にある本棚に収まっていた『月刊ダンディズム』という古めの男性ファッション誌から得た言葉だ。人間体の見た目は、その号で組まれていた『アロハシャツの着こなしテクニック』という特集記事に載っていたサーフィン好きの男性の姿を拝借したもの。公之介的には、この人が一番ダンディな見た目をしていたらしい。

先生を現代のアイドルや俳優タイプのイケメンとするなら、公之介の人間体は彫りが深く体育会系で、少々濃いタイプのイケメンといったところだろう。

「お前さん達、そろそろ休憩に入っていいからね」

そう言い残すと、スエノは酒樽を担ぎ直し去っていく。八十歳にもなって、なぜあんなにパワフルなのか。力だけではない。作業スピードも気配りも知識も圧倒的で、仮に集が十人いたとしてもスエノ一人分の仕事量には満たないだろう。

「お言葉に甘えて、一服しましょうか」

公之介はポケットから小さい箱を取り出すと、中から白い棒状のものを引き抜き口に咥(くわ)える。「集殿もいかがですか？」と誘われたので、一本貰(もら)って唇に挟んだ。

これは煙草ではない。駄菓子の煙草こと、ココアシガレットだ。公之介は、これまた古いファッション誌の影響で、ダンディな男は煙草を吸うものだと思い込んでいる。だが、本物にチャレンジしても煙たくてとても吸えたものではなかった。それでもかっこつけたい彼が行き着いたのが、この駄菓子というわけだ。

気取りながらココアシガレットをちゅうちゅう吸う様は、公之介のポリシーには反するのだろうが、やはりダンディというよりはどこか可愛らしかった。

◎

綾詩荘は、人とあやかしとの懸け橋にするためにスエノが始めた民宿だ。だからこそ、全く人気のない表通り側での人に向けた営業も続けられている。

人は、大抵の場合は多少なり霊感を持って生まれてくるものらしい。宿泊の手続きを踏んだ人は、そんつる様の力によって一時的にその霊感を高められる。その状態で例の扉を通れば、裏通り側の綾詩荘で一時的にあやかし達と交流できるようになるそうだ。

「そんなことしたら、普通パニックになるんじゃないですか？」

夕食時。綾詩荘の説明をしてくれている先生へ、集は汁椀片手にそんな疑問を投げかけた。隣では、ハムスター姿の公之介が魚肉ソーセージを丸々一本もりもりと食べている。普通のハムスターならばそんなものは食べないだろうが、あやかしの彼にその辺りは関係ないらしい。

カレイの煮つけをつつきながら、先生は先ほどの疑問に答えてくれた。

「あやかしとの記憶はね、人の頭の中に長く留まれないんだ。だからこの民宿を出ると、あやかしと触れ合った思い出はまるで昨晩見た夢のようにすぐ朧げになり消えてしまう。辻褄の合わない箇所は、脳が勝手に納得のいく解釈に結びつけてくれるんだ。まあ、集君のように強い霊感を持つ人は別だけどね」

上手い具合にできているものだなと感心しつつ、沢庵を一枚口へ放り込む。歯切れのいい食感を楽しみながら、続けて思いついたことを尋ねてみた。

「先生がずっとここに泊まっているのって、あやかし達との記憶を消したくないからですか？」

先生は、好き勝手に民宿の表と裏を行き来している。普段は自室に籠って漫画の仕事に励んでいるのだが、ふらりと裏通り側へ現れてはあやかしに話しかけたり、表通り側にはない大浴場を堪能したりしているようだった。

「前にも言ったけど、私がここにいるのはいいインスピレーションを得られるからだよ」

霊感がなくてもあやかしと交流できるというのは、他ではまずできない経験だ。ましてや妖怪漫画を描いているのだから、ここでの生活はこれ以上ない糧となっているに違いない。

——何となく質問を誤魔化されたようにも感じたが、気のせいだろうか。

「ところで集君は、お休みを貰って友達と遊びに行ったりしないのかい？」

不意に痛いところを突かれて、きんぴらごぼうに伸ばそうとした箸が止まる。

スエノに貰った——のではなく、百万円の借金と引き換えに与えられた牛蒡種の力を封じ込める眼鏡のおかげで、もうサングラスはかけなくてもよくなった。集が高校に馴染めずにいた一番大きな原因は取り除かれたのだが、原因がなくなったところで、そもそも集は友達の作り方を知らない。

おまけに今では、水木しげるロードのお化け屋敷みたいなオンボロ民宿に住んでいることが周囲にバレていて、そこを気味悪がられている始末だ。一難去ってまた一難とは、このことを言うのだろう。

集が黙ったままなので焦ったのか、先生は「まだ一か月しか経っていないんだ。きっとすぐにいい友達ができるよ」と励ましてくれた。その後、「そういえば」と手早く話題を切り替える。

「これ、落ちてたよ。キミのだろう？」

先生がテーブルに置いたのは、迷宮内で失くしたはずのサングラスだった。驚いて確認すると、確かに集の物で間違いない。かなりの高さから落としたはずだが、壊れてはいないようだった。

「ありがとうございます！　でも、一体どこで見つけたんですか？」

「裏通り側の温泉に浮かんでたんだ。ここの守り神はしょっちゅう民宿の間取りを組み替えるから、その時に弾き出されたんじゃないかな」

先生の推測に、集は改めてそんつる様の規格外っぷりを思い知る。それは別として、愛着のあるものなので手元に戻ってきたことは素直に嬉しかった。だが、眼鏡を手に入れた集にとってサングラスはもう必要ない。なので、

「そうだ、公之介。よかったら、これ使わないか？」

「なんと！　いいのですか⁉」

完食間際の魚肉ソーセージを放り出すと、公之介は両前足で抱え込むようにしてサングラスを受け取ってくれた。しかし、プレゼントしたはいいが、当然ながらハムスターには大きすぎる。

「ごめん。こんな大きなもの貰っても迷惑だよな」

謝罪して回収しようとしたところ、公之介は「ご心配には及びません！」とサングラスを頭上に放り投げた。すると不思議なことに、サングラスは回転しながらみるみる小さくなり、最終的には公之介の小さな目元にピッタリ収まるサイズになる。

「おぉっ！」

思わず拍手してしまった。公之介は自慢げにサングラスを額に押し上げると、机の上

に転がっていた魚肉ソーセージを拾い口元に運ぶ。

「今の技は何なんだ？」

「変化術の応用です。狐や狸は木の葉をお札に化かすでしょう？　あれと似たようなものですよ」

納得する一方で、もしかして失敗したかなとも感じた。よくよく考えてみれば、公之介は装飾品などを変化術で自由に身に付けることができるのだ。余計なものをプレゼントしてしまったかなと思っていると、公之介は集に満面の笑みを向けてきた。

「ありがとうございます、集殿。大切にしますね！」

どうやら、本当に気に入ってくれているらしい。それならよかったと、集は公之介に笑顔を返した。

◎

ゴールデンウィーク明け初日。集は昼食を買うため、一人購買へと向かっていた。

「今日もご学友を昼食に誘えませんでしたね」

落胆の声を漏らしたのは、肩に乗って集以上に落ち込んでいる公之介だ。額には、先日集がプレゼントしたサングラスがしっかりと載っている。

公之介はあやかしなので、その姿は人には見えず、もちろん声も聞こえない。心配してくれているのか、それとも日中まで民宿で働きたくないのかはわからないが、ほぼ毎日こうして学校までついてきてくれていた。

「窓際にいた三人組のグループなら、交ぜてもらえそうではなかったですか？」

「でもあそこは、ちょっとヤンキーっぽい奴がいたし」

「では、集殿と同じ眼鏡男子で固まっていたグループは？」

「あれはオタクグループだから、話題についていく自信がない」

「では、御子柴殿と片倉殿は？」

その問いには、すんなりと答えることができなかった。

御子柴と片倉は、入学式の日に話しかけてくれたクラスメイトの男子。サングラスをかけている理由を目の病気と偽っていたので、それを気にして声をかけてくれたのだ。眼鏡に付け替えた時も「目の調子、よくなったのか？」と御子柴が嬉しそうに話しかけてくれたが、それ以降は特に交流がない。

一週間でサングラスを外したものだから、クラス内では病気なんて嘘で、ただ高校デビューに失敗したのではという噂まで流れてしまっている。実際に病気という設定は嘘なので、自業自得と言われたらそれまでなのだが。

「……あの二人は、いい奴だと思うよ。でも友達多そうだし、誰に対しても優しいだけで、別に俺と友達になりたくて話しかけてくれたわけじゃないだろうから」

「まったく。いいですか、集殿？　待っているだけでは友達なんてできませんよ。屁理屈（くつ）ばかり言っていては、いつまで経っても青春を謳歌（おうか）できません」

　ハムスターに叱られるというのは、公之介には申し訳ないが何とも情けない気持ちになる。説教をやりすごしながら、集はぼんやりと窓の外へ目を向ける。

　晴れ渡る空には、鳥に交じって青い火の玉のようなものがふわふわと飛んでいた。窓の向こう側には、首が三つあるトカゲによく似た生物が張り付いている。

　幼い頃からそれらしいものを見ていたのでわかってはいたのだが、表の世界でも普通にあやかしは暮らしている。遭遇する頻度も、決して低くはない。あやかしの交じった人間世界の景色はまだまだ新鮮だが、徐々に慣れていく必要があるだろう。

「ちょっと、そこの一年生！」

　突如として、背後から元気な女性の声が飛んでくる。振り返ると、そこには短いポニーテールの女子が立っていた。境西高の上履きは学年ごとに色分けされているので、彼女が一つ上の二年生だということだけはすぐに理解できた。

「……おっ、俺に話しかけてます？」

「キミ以外誰がいるの？」

　彼女の言う通り、周囲に他の生徒は一人もいない。だからこそ、集は公之介と気兼ねなく会話できていたのだから。

「窓の外に何かいるの？」

「あ、いえ……猫がチラッと見えただけです」

誤魔化しながら、集は額に冷や汗が滲むのを感じた。もしかして、先ほどの会話を聞かれていたのだろうか。だとしたら、独り言を呟く不審者と思われているかもしれない。

こちらに詰め寄ってくる彼女と、眼鏡のレンズ越しに目が合う。男子の中ではどちらかというと背の低い方に分けられる集だが、それでも女子よりは基本的に高い。身長の関係で上目遣いになっている彼女の顔はぱっちりとした目が特徴的で、率直に言ってしまえば可愛かった。

「なななっ、何ですか？」

クラスの男子ともまともに会話できない集が、可愛い女子といきなり普通に話せるわけがない。緊張で声が上ずりながらも問うと、彼女はにっこり笑ってこう尋ねてくる。

「キミ、もう部活入ってる？」

どうやら、単なる部活の勧誘のようだった。

「愛の告白ではなくて残念でしたね」

肩の上で、公之介が余計なことを口走る。しかし、その姿も声も目の前の彼女には認識できないのだ。公之介に言い返すとそれこそ怪しい奴認定されてしまうので、グッと堪える。そんな集の我慢など知る由もなく、彼女は早口にまくしたてた。

「うちの入ってる部活……正確には同好会なんだけど、うち以外は全員三年生なんよ。だけん、部員を集められんかったら廃部になってしまうんよね」

スエノほど訛りは強くないが、彼女も方言を使うようだった。廃部が目前に迫っているという状況なので、部員集めに奔走しているらしい。

「いきなりごめんね。うちは二年の楠実乃梨。キミは？」

「い、一年の夜守集です」

「ヤモリかぁ。可愛い苗字だね！」

　明らかに別の字を想像していると感じたが、一応褒められたので指摘はしなかった。

「えっと……楠先輩」

「硬いなぁ。実乃梨でいいよ集君」

　圧倒的コミュニケーション能力の高さが眩しすぎて、集は目を細めながら尋ねる。

「同好会って、何の同好会なんですか？」

「あっ！　まずそこを一番に説明しなきゃだよね！　ごめんねー！」

　実乃梨は両手を合わせて、ぺこぺこと頭を下げる。忙しないというか、元気が有り余っているというか、彼女からはそんな印象を受けた。

　コホンと咳払いを一つ挟むと、実乃梨は自分の所属する同好会を誇らしげに発表する。

「ズバリ、妖怪研究同好会！」

　あまりにもタイムリーな同好会名に、思わず肩に乗っている公之介と顔を見合わせてしまった。考えてみれば、ここ境港市は妖怪の町。そういう地域ならではの同好会があっても不思議ではない。

「妖怪研究同好会では、妖怪の存在を確認すべく日々活動しています！　まあ、先輩達が受験生になっちゃってからはあんまり活動らしいことはできとらんだけど。集君は、妖怪の存在って信じてる？」

信じるも何も、妖怪・化けハムスターが今肩の上で気まずそうに縮こまっている。それなのに、堂々と「信じます」とは言えない自分がいた。あやかしの存在は、人間界では夢物語だ。それを信じていると宣言するのは、サンタクロースを信じていると断言するのにも似た恥ずかしさがある。

何も答えられずにいると、手応えなしと悟ったのか、実乃梨は「変なこと訊いてごめんね」と力なく笑った。

「そんな簡単には信じれんよね、妖怪なんて」

「いや、そんなことは」

「無理せんでいいよ。うちが妖怪について語ると、同好会の先輩達以外はみんな集君と同じような顔をするけん」

「先輩、俺は本当に信じていないわけでは」

「じゃあ、入会する？」

落ち込んだ雰囲気から一転、目をギラギラと輝かせて入会届を取り出す実乃梨。何というか、ビックリ箱みたいな人だ。

こんな自分に、実乃梨は声をかけてくれた。それが部員集めのためだとしても、集にとっては嬉しかった。妖怪の研究なら、きっと力になれることもあるだろう。

――だが、無理だ。

「……すみません。俺、放課後は家の手伝いをしないといけないんです」

「あー……そうなんだ。お家は何をやってるの？」

「水木しげるロードで、民宿をしています」

「それって、もしかして綾詩荘ッ!?」

実乃梨が凄い勢いで食いついてきた。距離を詰めてくる彼女に対して、集は思わず無抵抗を表すように両手を上げて後退する。

「しっ、知ってるんですか？」

「そりゃあ知っとるよっ！　綾詩荘と言えば、この辺りじゃ一番〝出る〟って噂の建物だけんね！　廃墟のような佇まいで、見るからに怪しそうっ！　一年生の中にあの民宿に住んでる男子がいるのは聞いとったけど、まさか集君だったとは……」

興奮で我を忘れていたようだったが、ようやく自分がなかなか失礼なことを口走っていることに気づいたようだ。実乃梨は、視線を泳がせながら「ご、ごめんなさい」と謝罪する。

廃墟のような見た目はその通りで、実際に出るのだから特に怒ってはいない。それよりも、そろそろ話を切り上げないと昼食を食べる時間がなくなってしまう方が気になった。

「とにかく、そういうわけなんで入部はできません。幽霊部員でいいなら話は別ですが」

「うーん……それはいいかな。形だけ存続しても、意味ないけん。お気持ちだけ貰っとくよ」

「わかりました。……部員、集まるといいですね」

話を終えて、歩き出す集。しかし、すぐに「待って！」と引き留められた。

「同好会の件とは別に、一つお願いがあるんだけど」

◎

「駄目だで」

放課後を迎えて、バイトの時間。仕事着である作務衣に着替えて、金属製の扉を通り綾詩荘の裏通り側へ向かう。スエノに会うなり切り出した頼みは、考える素振りもなく切り捨てられてしまった。

座敷童子に会える宿や幽霊の出るペンションなど、お化けが目撃される宿泊施設というのは一定の需要がある。実乃梨にとって綾詩荘はそういった立ち位置の場所だったらしく、次の休日に一泊したいと頼まれたのだ。何も問題ないと考えたので、集は二つ返事で了承してしまっている。

「何でだよ？　あやかし好きな客を連れてきて、何が悪いんだ。ここは人とあやかしの懸け橋になる場所なんだろ？」

「闇雲に会わせりゃいいってもんじゃないだで」

「女将さん、そこをどうか。集殿に友達ができるチャンスなのです」

作務衣の襟からひょっこり顔を出した公之介が加勢してくれる。だが、スエノの一睨みであっさりと中に引っ込んでしまった。

「その子、楠実乃梨ちゃんだぁが？」

スエノが、溜息交じりに彼女の名を漏らす。

「そうだけど……何でばあちゃんが知ってるんだよ？」

「やっぱりね。ほら、駄目なもんは駄目。仕事に取り掛からんと、また寝る時間が少なくなるで」

強引に話を終わらせると、スエノは公之介と一緒に特大浴場の風呂掃除をするよう命じてきた。思わず「うえぇ……」と、嫌な表情を浮かべてしまう。

特大浴場は、文字通り特大サイズのあやかし用の浴場だ。浴槽だけでも二十五メートルプールくらいの広さがある。それを隅々まで磨くのは、とても骨が折れる作業なのだ。

「明日は筋肉痛確定だな……」

加えて、実乃梨に謝罪もしなければならない。暗い顔でとぼとぼと特大浴場へ向かおうとした時――何かがふわりと、肩の上に乗っかった。

最初は公之介かと思ったが、作務衣の中にはまだ彼の温もりがあるのを感じる。視線を横に向けると、そこには何と一羽のフクロウが止まっていた。

もこもことした羽毛に覆われた白と黒の縞模様の体。白い顔には、真っ黒のつぶらな瞳と黄色い嘴がついている。大きさは、大人の猫くらいはありそうだ。

「凄い……生で初めて見た」

集が思わぬ出会いに感動している一方で、公之介はフクロウと目が合うや否や作務衣の中からポンと飛び出した。そして、戦国武将が着ているような甲冑を纏う色黒の人間体に変化する。

ガチガチに武装した彼はスエノの後ろに隠れて縮こまると「ひぃぃ！　猛禽類だぁぁ！」と情けない声を上げた。考えてみれば、鼠にとってフクロウは恐怖の象徴に違いないだろう。

「大丈夫だって公之介。ほら、こんなに可愛いじゃん」

撫でてやると、フクロウは頭を手のひらに愛らしく押しつけてきた。そして「お兄ちゃん！」と子どものような高い声を発する。

「フッ、フクロウが喋ったぁっ！」と、喋るハムスターが腰を抜かした。集も目を丸くしたが、驚きのあまりひっくり返るようなことはなかった。裏通り側にいる時点で、ただのフクロウではないことはわかっていたのだ。働き始めてまだ日は浅いが、少しくらいはあやかしに慣れてきたということなのだろう。

「キミは何ていうあやかしなんだ？」

集が問うと、フクロウは首を心配になるほどぐるんと横に傾げる。

「あやかし？　ぼく、よくわかんない」

どうやら、自分があやかしだという自覚がないようだ。困っていると、スエノが助け船を出してくれた。

「その子は、たたりもっけ。うちの常連さんだで」

「たたりもっけ？」

「フクロウは、幼くして亡くなった子の魂を一時的に受け入れてくれると言われとる。子どもの魂が入った状態のフクロウのことを、たたりもっけと呼ぶだがね」

つまり、このフクロウは生きている本物の鳥。ただし――中身は、幼い子どもの魂ということになる。

「満足すれば、魂はいずれフクロウを離れて天へと昇る。その子の場合は、少々長引いとるけどね」

スエノが説明している間も、たたりもっけは幼い子どもの声で「お兄ちゃん、遊ぼう！」と言いながら集の頬に頭をぐりぐりと押しつけてきていた。

「気に入られたようだがね、集。その子の接客は、お前さんに任せるけん」

「えっ!?」

これまでやらされてきたのは、雑用ばかり。接客を任されたのは初めてのことだった。

「任せるって言われても、一体何をどうすれば」

「何事もやってみることが肝心だで。ああ、忙しい忙しい」

一方的に言い包めると、スエノはパタパタと走り去ってしまう。公之介に助けを求めようとしたが、彼は「怖いッ！　猛禽類怖いッ！」と鎧をガチャガチャ鳴らしながら四つん這いで逃げて行ってしまった。

◎

客であるたたりもっけに遊ぼうと誘われたからといって、仕事を放り出すわけにもいかない。果てしなく広い浴槽を、集は汗だくになりながらデッキブラシでせっせと磨いていく。

ついてきたたたりもっけは、たわしを脚で摑んで浴槽の中をスケートのように滑っていた。やたらと遊びたがっていたので、こんな場所でも楽しいなら何よりだ。

「なぁ、たたりもっけ」

「ぼく、そんな変な名前じゃないよ。ぼくはハネシマヨウタだよ」

それがこの子の生前の名前らしい。

「ああ、ごめん。ヨウタって、漢字ではどう書くんだ？」

「カンジ？　よくわかんないけど、太陽を逆さから読むってお父さんが言ってた」

なら、おそらく『陽太』と書くのだろう。

「陽太は今いくつ？」

「忘れたー」

本人は何でもないように答えているが、自分の年すら忘れてしまうというのは悲しいことだろう。陽太の境遇を想像すると、どうしても不憫(ふびん)に思えて仕方がない。

「ぼくね、どっかに行くところだったんだ。でも急に車がぐるぐるーってなって、気づいたらこうなってたの」

「……そうなんだ」

陽太の死因は、おそらく交通事故だ。本人は、まだ自分の死を受け入れることができていないのだろう。年端もいかない子どもなのだから、無理もない話だ。

「ぼくは、どこに行く途中だったのかなぁ？」

年齢に関してもそうだったように、生前の記憶は朧(おぼろ)げになってきているようだった。何とも言えない顔をしている集を気にする素振りもなく、陽太は嬉(うれ)しそうにたわしの上でくるくると回っている。

悲しむことすらも忘れてしまっているようなその無邪気な様子に胸が詰まり、とても黙って見ていられず――。

「よしっ！　遊ぶか！」

集は、吹っ切るように声を上げた。アイスホッケーのように石鹸(せっけん)をデッキブラシで叩(たた)き、陽太の方へ滑らせる。陽太は、摑んでいるたわしでそれを受け止めた。

「……いいの？」

「いいよ。真面目に磨いたって、どうせ間に合わないし」

この仕事は本来公之介と一緒にやる予定だったのだから、一人で終わるわけがない。毎日雑用ばかりで、ウンザリしていたのも正直なところだ。遊べることが嬉しいのか鳴き声を上げた陽太は、石鹸を器用に集の方へ打ち返した。それをブラシで受け止めようとした拍子に、足を滑らせて尻餅をつきズボンを盛大に濡らしてしまう。

「うわぁ、やっちまった！」

「あはははははっ！」

一度こうなってしまえば、もうどうにでもなれだ。その後は疲れ果てて倒れ込むまで、浴槽でのホッケーを楽しんだ。

その日の夜、陽太は集の部屋で一緒に寝ることになった。なかなか眠れずにいると、聞こえてきたのは陽太の小さな寝言。

「お父さん……お母さん……」

布団から身を起こして、陽太のふっくらとした頭を撫でてやる。寝息を立てるフクロウを見下ろしながら、集は心の中である決意を固めた。

◎

翌日の放課後。帰り支度を済ませた集は、高校の敷地内の東側に立つ部室棟へ向かっの上に乗っている公之介は「猛禽類の匂いが染みついています。私の特等席なのに！」と、今朝からずっとご機嫌斜めだ。

「そう言うなって。見た目はフクロウでも、中身は人間の子どもだ。不味そうな色付き鼠なんて、頼まれたって食べやしないよ」

「不味そうな色付き鼠!?　酷いっ！　集殿は、我々を狙う奴らの恐ろしい形相を見たことがないからそんなことが言えるのです！」

プリプリとご立腹な公之介とともに、部室棟の一番隅の部屋に辿り着く。部屋のドアには〝妖怪研究同好会〟と書かれた手書きの看板がかけられていた。コンコンと二度ノックすると、中から「どうぞ」と女性の声が返ってくる。

「失礼します」とドアを開ける。裸電球が照らす部室内は、とにかく本棚が多かった。そこに隙間なく押し込まれている書物は、どうやら全てあやかし関連のものらしい。室内が薄暗いのは、心許ない照明の他に、唯一の窓に蔦が絡みついているせいもあるようだった。

部室の中央には四人掛けのテーブルと椅子が置かれているが、そこに座っているのは一人だけ。

「あ、集君！　いらっしゃい！」

実乃梨は、嬉しそうにニパッと笑顔を咲かせた。これから宿泊を拒否されたことを伝えてその笑顔を曇らせてしまうのだから、心苦しい。

「す、すみません。宿泊の件ですが、ばあちゃんに駄目だと言われてしまいまして……」

「あー……そうなんだ。仕方ないね」

彼女の表情から、案の定スッと笑みが引いていく。申し訳なさに耐えきれなくなり、集は深く頭を下げた。

「本当にすみません！」

「集君のせいじゃないけん、全然気にせんで！」

集を気遣うように、実乃梨ははにかんでくれた。

伝えるべきことは伝えた。入部できず、民宿にも招待できないということになれば、実乃梨との繋がりはこれで終わってしまう。今日は用事もあるので、長居はできない。

だが、最後にどうしても訊いておきたいことがあった。一度摑んだドアノブから手を放し、集は再度実乃梨の方へ向き直る。

「……一つだけ、質問させてもらってもいいですか？」

「どうぞ？」

「先輩は、どうしてそんなに妖怪が好きなんですか？」

昨日から、そのことがずっと気になっていた。実乃梨は、なぜ堂々と妖怪が好きだと言い切ることができるのか。その質問がからかい半分ではないことは伝わったのだろう。

実乃梨は過去を思い返すようにして、吊るされている裸電球を仰いだ。

「……うちね、小さい頃に神隠しに遭ったことがあるんよ」

神隠しとは、人が突然消息不明になること。実乃梨が神隠しに遭ったのは七歳の時で、場所は水木しげるロード。当時は、ニュース等にも大々的に取り上げられたそうだ。

警察の必死の捜索も空しく、成果の出ないまま実乃梨が失跡して三日が経過した。両親が諦めかけた時、実乃梨は水木しげるロードを一人でフラフラと歩いているところを保護されたという。

「信じてもらえないと思うけど、うちにはその頃まで霊感みたいなものがあったんよ。ときどき変なものも見えてて、それが他の人にも見えるものだと思っとった。まあ、神隠しから帰った後で見えなくなっちゃったんだけど。でもね、神隠しに遭った三日間、うちは不思議な場所にずっといた気がするんよ」

実乃梨が言っているのは、十中八九裏通りのことだろう。霊感が消えてしまったというのも、公之介が見えていない現状から考えると事実のようだ。

「うちの予想では、水木しげるロードのどこかに妖怪の世界に通じる扉があると思うんよね。今でもたまに探してるんだけど」

なかなか鋭い。だが「それ、綾詩荘にありますよ」とは、さすがに言えなかった。よほど集が苦い顔をしていたらしく、実乃梨は「ほらー、やっぱり信じてないでしょ！」と眉間に皺を寄せる。

「証拠だってあるだけけんね！」

そう言って、彼女は身につけているネックレスを引っ張り出した。細くシンプルな銀色のチェーンの先端に、玉虫色をした小さな貝殻のペンダントトップが下がっている。

「これは？」

「お守り……だと思う。神隠しから戻った時、うちが手に握ってたんだって。その頃から、こうして肌身離さず持ち歩いてるの」

ということは、裏通りから持ち帰ったものなのだろう。集の眼鏡のように、何かしらの力があるアイテムなのかもしれない。

「妖怪に惹かれたきっかけは、よくわかりました。でも、みんなの前で妖怪が好きで信じているって言葉にするのは、勇気がいりませんか？」

「最初はうちもそうだったよ。一人でこそこそ文献を読み漁ったりするだけだった。でもね、私が一年生の時に三年生で会長だった同好会の先輩と話してたら、そんなことどうでもよくなったに。好きなことを好きってハッキリ言えた方が、人生楽しいけんね。このポニーテールも、その先輩を真似とるの。まだ短いけど」

後ろで束ねている自身の髪の毛を弄びながら、実乃梨はさらに続ける。

「うちが妖怪を好きで存在を信じとるのはね、さっき話した経験があるのも理由の一つだし、うちと同じ妖怪好きな先輩達と出会えたからっていうのももちろん理由の一つ。でも……一番はやっぱり、夢があるから」

「夢……ですか？」

「山より大きな大入道に、どこからともなく発生する鬼火！　人を化かす狐や狸に、白装束で現れる幽霊！　そりゃあ、そんなものいないって切り捨てるのは簡単だよ。でも、本当にいてくれた方が夢があると思わん？」

実乃梨の言葉で、集の脳裏に初めて裏通りに行った時のことが鮮やかに蘇った。商店街で普通に生活を営んでいる、異形のあやかし達。目に映る全てが新鮮で、驚きと恐怖に満ちていて――少しだけ、ワクワクした。

「……話を聞かせてくれて、ありがとうございました」

「いえいえ。泊まりに行けないのは残念だけど、民宿のお仕事頑張ってね」

実乃梨に頭を下げて、部室を後にする。あんなにもあやかしを好きだと言ってくれるのだから、ぜひ綾詩荘に招待してあげたい。だが、神隠し事件のことが妙に引っかかった。

スエノも実乃梨のことを知っていたようなので、もしかしたら何か泊まらせることのできない事情があるのかもしれない。

◎

部室棟を出た集は綾詩荘へは戻らずに、その足で市民図書館に向かった。

図書館は、大きく弧を描いているデザインが特徴的な市民交流センター『みなとテラス』の中に入っている。他にもイベントホールやカフェなどが併設されていて、災害時には防災拠点の役割も担える複合施設だ。

「ここで何をするのですか？」と、ガラス張りの建物を見上げながら公之介が尋ねる。

「陽太の情報集めだよ。過去の地元新聞なら、事故の記事が載っているかもと思ってさ」

集は、陽太の両親を探し出して綾詩荘に招待しようと考えていた。綾詩荘は、宿泊手続きを踏めばほぼ誰でも一時的にあやかしと交流できるようになる。両親を呼ぶことができれば、お互いにとって嬉しい再会になるはずだ。そうすれば、想いを果たした陽太の魂もフクロウを離れて天に昇れるだろう。

幼い陽太に訊いても、自分の家の住所や電話番号がわかるはずもない。ネットで調べても空振りで、得ている情報は『ハネシマ』という漢字表記不明の苗字と『陽太』という名前。あとは、おそらく交通事故で亡くなったということだけ。

司書の女性に尋ねてみたところ、パソコンを使って地元新聞の過去の記事を検索できるサービスがあるとのことだった。山のように積まれた新聞を一枚一枚捲って探すことを覚悟していたので、これはありがたい。早速キーワードを打ち込むと、簡単に目的の記事を見つけることができた。

五月三日の七時三十分頃、境港市〇〇町の国道四三一号線でトラックと普通乗用車が衝突する事故があり、普通乗用車に乗っていた一家三名が病院へ運ばれたが、羽島陽太ちゃん（四）の死亡が確認された。

こういった記事が出てくることを察してはいたが、それでも読むのは辛かった。しかし、これで陽太の魂が四歳だということがわかった。記事の書かれた時期を確認すると、事故が起きたのは——今から、九年も前のこと。

九年。陽太はそんなにも長い間現世に縛られて、フクロウの中に間借りしているのか。だったら尚更、両親に会わせてあげたい。彷徨っている魂を、天へ送ってあげたい。

「目的のものは見つかりましたが、あまり収穫はありませんでしたね」

集を手伝うために金髪で色黒の人間体に変じている公之介が、そんな感想を漏らした。服装がオレンジ色をしたハイビスカス柄のアロハシャツなのは、もちろん例の古いファッション誌の特集記事の影響だ。

目元には、集がプレゼントしたお下がりのサングラスがかけられている。普段はハムスターサイズに留めているが、人間体に変じた時は元のサイズに戻しているようだった。

一服しようと、公之介は取り出したココアシガレットを咥える。その直後、司書の女性に「館内は禁煙です」と怒られて平謝りしていた。

変化後の公之介の姿は、この通り普通の人にも見ることができる。それは、彼らの変化術が本来人を化かすための技術だかららしい。考えれば考えるほど、不思議で面白い力だ。

「それで、他に策はあるのですか？」と、公之介が太い声で尋ねてくる。正直何も考えていなかったが、館内を見回すと一つの可能性に行き当たる。

「もしかしたら……」

目的の書架を見つけ出すと、集はそこから境港市の電話帳を引き抜いた。

携帯電話が普及した現代、固定電話の必要性は失われつつある。加えて個人情報保護にもうるさくなったので、電話帳に番号を載せようと考える人は減っているだろう。

望み薄だろうなとは思いつつ、電話帳を開く。は行の欄には『羽島』という苗字が一軒だけ載っていた。電話番号の隣には、住所も記載されている。

「駄目元で、ここを訪ねてみよう」

他に有力な情報は得られそうもないので、住所と番号のメモを取りその家へ向かうことにした。

図書館を出ると、外はもう日が隠れ始めている。集はスマホのナビに住所を入力し、元のハムスター姿に戻った公之介を肩に乗せて羽島家を目指した。幸い、そう遠くない。今井(いまい)書店とコンビニの間を抜けて、路地裏に入る。狭さの割に交通量のある道路を渡ったところで、知った顔と鉢合わせた。

「……楠先輩？」

「あ、集君！　さっきぶりー！」

元気に手を振りながら駆けてきた彼女は「だから、実乃梨でいいってば」と呼び方を正した。そうは言われても、異性を下の名前で呼ぶなんて恥ずかしいにも程がある。

「今日は民宿の仕事手伝わなくていいの？」

「よくはないんですが、用事があったので……まあ、サボりですね」

「サボりなのですかっ⁉」

耳元で公之介が悲鳴に近い声を上げた。休みなんて、スエノに直談判したところで貰(もら)えそうになかったのだから仕方ない。帰宅後のことは、なるべく考えないようにしている。

「それで、こんなところで何してるの？」

集は少し迷ったが、素直に答えることにする。

「実は、あるお宅を探しているんです。この辺りのはずなんですけど」

ナビ画面を見せると、実乃梨は親切にも「うちの家、この辺だから案内するよ」と申し出てくれた。表示されている地図は細い路地が複雑に絡み合っているような場所だったので、とてもありがたい。

「すみません。助かります」

「全然いいよ。うちね、昔迷子になってたところを誰かに助けてもらったことがあるに。小さい頃だったけん、相手の顔も何も思い出せんけどね。だけん、迷子を見つけた時は必ず助けてあげるって決めとるに」

別に迷子というわけではないのだがと思ったが、指摘するのはやめておいた。

同好会存続の力添えもできず、綾詩荘に泊まりたいという頼みも叶(かな)えてやれなかった自分のために、実乃梨は率先して手を貸してくれている。いい人だなと、集は素直に思った。実乃梨のような人と友達になれたのなら、きっと学校生活は華やかで楽しいものになるに違いない。

待っているだけでは、友達はできない。公之介に言われた言葉を思い出し、集は自分の肩の上へ小声で尋ねた。

「なあ。友達って、どこまで進んだら友達なんだ？」

「それは難しい質問ですね。ご学友を観察している限りですと、連絡先の交換辺りが一般的ではないでしょうか」

それはなかなかハードルが高い。ある程度信頼できる関係の者同士でないと難しいだろうし、向こうの要求を全て断っている立場でありながら、こちらの要求は飲めというのは都合が良すぎる気がする。

そこまで深く考える必要のないことで悩みうんうん唸っている集を、公之介は呆れ顔で眺めていた。

「……あっ」

短い言葉を落として、前を行く実乃梨がピタリと立ち止まった。危うく背中にぶつかりそうになったが、ギリギリのところで踏み止まる。

「先輩、どうかしましたか？」

「集君。目的地って、もしかして羽島さんの家？」

驚くことに、実乃梨は電話帳で唯一見つけた羽島家のことを知っているようだった。

「知ってるんですか？」と訊くと、彼女はやや表情を曇らせて頷く。

「……うちね、小さい頃に羽島さんの息子さんとよく遊んでたの。実乃梨お姉ちゃんって呼んでくれる、可愛い男の子。うちは一人っ子で弟か妹が欲しかったけん、凄く嬉しかった。でもその子は——陽太君は、四歳の時に交通事故で……。今は、たまにご両親と出会ったら挨拶する程度の関係かな」

駄目元で出向くつもりが、大当たりだったようだ。それにしても、実乃梨と陽太にも接点があったとは驚きだ。

そういった関係だったのなら、実乃梨も陽太に会わせてあげたい。だが、彼女の立ち入りは悔しいことにスエノが禁じている。

あやかしを信じている実乃梨なら、全てを打ち明ければ信じてくれるだろうか。それとも、あやかしを信じる自分の心を逆手に取って馬鹿にしていると責められるだろうか。

「あそこだよ」

あれこれと考えているうちに、目的地に到着した。実乃梨が指し示す先にあるのは、ベージュの外壁に黄褐色の洋瓦が載った比較的新しめの一軒家。そこが羽島家らしい。

「じゃあ、うちはここで」と、実乃梨は手をひらひらと振る。どうやら、羽島家に近づくことを避けているようだった。自分と出会うことで、夫妻が当時を思い出して寂しい気持ちにならないようにという気遣いからの行動なのだろう。

「ありがとうございました」と頭を下げると、実乃梨は微笑みを残して去っていった。

◎

門扉の前まで来ると、インターホンの上に『HANESHIMA』とローマ字で書かれた表札を確認することができた。早速ボタンを押そうとしたが、ハッとして手を引っ込める。玄関先では、陽太の母親らしき人と買い物帰りのご近所さんと思しき人が世間話に花を咲かせていた。

盛り上がっているようなので、長くなりそうな予感がする。何にせよ、終わるのを待つしかない。しかし、ご近所さんはこちらに気づいたようで、気を遣ったのか「それじゃあね」と手早く話を切り上げてくれた。ご近所さんに頭を下げて、入れ違う形で集は門扉を通る。

「あら、どちら様？」

知らない来訪者に、陽太の母親は不思議そうに首を傾げた。

「突然すみません。俺は……」

――そこから先の言葉が、全く出てこない。陽太への思いばかりが先行していて、両親をどう説得して綾詩荘に連れて行けばいいのかを全く考えていなかった。

アナタの息子さんの魂がフクロウに憑依してうちの民宿に泊まっているので、一緒に来てください。そんなことを言って、信じてもらえるわけがない。質の悪い悪戯だと思われて、最悪の場合は警察の厄介になるのがオチだろう。

かといって、綾詩荘の営業を装うのも不自然だ。学ラン姿な上にチラシの一つも持っていないのはおかしいし、どのみちそれでは来てもらえるとも思えない。

だったら、逆に陽太をここへ連れて来るのはどうだろうか。あのフクロウ自体は実体を持つ本物なのだから、他のあやかしと異なり綾詩荘内でなくとも人と接することができる。だが、宿泊してもらわなければ言葉を交わすことは叶わない。会えたのに自分が息子だと認識されなかったのなら、陽太はむしろ哀しむことになってしまう。

まずい。すでに一分近く沈黙が続いてしまっている。頭をフル回転させているが、どうしても次に話すべき言葉が見つからない。痺れを切らした母親は「悪戯なら失礼します」とムスッとした顔を玄関の奥へ引っ込めようとした。

万事休す。しかし、そこへ後ろから誰かがやって来た。

「ごめんねぇ奥さん！　忘れてたわ！」

現れたのは、先ほどのご近所さんだった。彼女は買い物袋の中から二枚の紙を取り出すと、それを陽太の母親へ差し出す。

「これ、綾詩荘の無料宿泊券。商店街の福引で当たったのよ。よかったら使って！」

「え、そんな。悪いですよ」

「いいからいいから！」

ご近所さんは母親の手に無理矢理チケットを握らせると「泊まったら感想聞かせて

ね！」と言い残して去っていく。ポカンとしている母親を前に、集はここしかないと頭を下げた。

「すみません！　家を間違えましたっ！」

さすがに無理のある言い訳だと自分でも思ったが、他に何も思いつかなかったのだから仕方がない。門扉から飛び出し振り返ると、そこには呆気（あっけ）に取られた表情の母親がとり残されていた。

走りながら路地の角を曲がると、そこには先ほどのご近所さんの姿があった。ニコニコ顔の彼女に軽く会釈して通り過ぎようとした瞬間、彼女はその場でくるりと宙返りを決める。集が驚いていると、やや脂肪が多めなその体は空気の抜けた風船のように萎（しぼ）み、着地する頃には小さなハムスターに変わっていた。

何と、あのご近所さんは機転を利かせた公之介が変化したものだったのだ。

「どうですか集殿。見事な化かしっぷりだったでしょう？」

「おお、マジか！　何か変だなとは思ったけど、てっきり本当にご近所さんが戻ってきたんだと思ってた。まさか公之介が化けてたとは……かっこよかったよ」

「本当ですか？　ダンディでしたか？」

「うん。ダンディダンディ」

ダンディという言葉の使い方はこれで正しいのだろうかと思ったが、公之介は喜んでくれているようなので良しとした。

公之介を肩に乗せ、羽島家の方を振り返る。やれるだけのことはやった。後は、羽島夫婦が綾詩荘へ来てくれることをただただ願うばかりだ。

◎

それから二日が経過した、土曜日のこと。

宴会の終わった大広間で、集は人間体に化けた公之介とともに、酔い潰れて寝ているあやかしの隙間を縫うように歩きながら食器類を回収していた。酒に溺れる様子は、人もあやかしも変わらない。

陽太は、日中にたっぷり遊んであげたおかげもあり、今は集の部屋で深い眠りに落ちている。公之介と違って実体を持つフクロウは結構重たいので、肩に乗せず仕事ができるのは正直ありがたかった。

持てる限りの皿を抱えて厨房へ運ぼうとしたその時、見慣れないものが目の前を通り過ぎる。それは——青く光る蝶だった。

「へぇ、綺麗だな……」

淡く発光する不思議なその蝶は、キラキラと光る星屑のようなものを落としながら羽ばたいている。奇妙な小さい生物を目撃するのは、この綾詩荘においては珍しいことではない。人の頭部を持つ蛇や背中に顔のある蟹など、珍妙なものがこっそりと住み着いていて、見つけるたびに驚いていた。しかし、この蝶はそういった者達とは一線を画している。仕事も忘れて見惚れてしまうほどに、美しかった。

青い蝶は蠟燭の火のように揺らめきながら、踊るように舞って薄暗い廊下の向こうへ飛んでいく。気になった集は、食器を静かに床へ置くとその蝶の後を追った。

優雅に羽ばたく蝶は、やがてとある障子の隙間へと吸い込まれるように消えていく。

その障子をそっと開けると、部屋の中には——。

「……しっ、集君？」

「えっ、楠先輩っ⁉」

どういうわけか、そこには泣きべそを掻いている実乃梨の姿があった。

「よかったぁ！　うわぁぁぁぁん！」

大泣きしながら、実乃梨が集に抱き着いてくる。女性に免疫がない集があたふたしているところへ、暗がりからヌッとスエノが登場した。鋭い眼光が集を捉える。

「これは一体、どういうことだかいね？」

「それが、俺にも何が何やらで」

「まったく。……でも、ここまで来ちまったもんは仕方ないね」

未だ泣きじゃくっている実乃梨を見つめながら、スエノは溜息とともにそう漏らした。

集と実乃梨は、スエノの部屋に連れてこられた。集は前に一度来たことがある、無駄な物が一切置かれていない八畳間だ。出された温かいお茶を飲み、落ち着きを取り戻した実乃梨は、なぜ綾詩荘の中にいたのかについて話し始めた。

集は学校で聞いていたことだが、実乃梨は神隠しにあった経験が忘れられず、今でもたまに水木しげるロード内を探索して裏通りへ通じる入口を探している。今日の午前中も張り切って探していたらしく、その道中で表通り側の綾詩荘の前を通りかかった。

「断られちゃったけど、やっぱり泊まってみたいなーって思って外から見上げていたんです。そしたら二階の窓が開いて、顔を覗かせたかっこいいお兄さんが『入っていいよ』って手招きしてくれて」

先生の仕業かと、集は頭を抱えた。スエノも渋い顔をしている。一体、どういうつもりなのだろう。

「それで中に上がらせてもらったら『関係者と妖怪以外立ち入り禁止』って書かれた、好奇心をそそられる扉があるじゃないですか！」

そこから先は、もう聞くまでもなかった。妖怪好きな彼女は興奮を抑えきれず、扉の向こうへ足を踏み入れる。結果、かつての集と同様に迷宮のように入り組んでいる民宿の最深部に放り出されて、長時間彷徨い歩き、先ほど偶然発見されるに至ったというわけだ。

たっぷり泣いた実乃梨の目は、赤く充血している。さぞ怖かったことだろう。集ももし途中で公之介と出会っていなかったら、このくらい泣いていたかもしれない。

「勝手に入ってすみませんでした」と、実乃梨はスエノに頭を下げる。先生に唆されたからという理由を知った時点で、怒る気はなかったのだろう。スエノは「もうええよ」とあっさり実乃梨を許してくれた。

「ところで」実乃梨はおずおずと問う。「うち、どこかでおばあさんと会ったことありますか？」

面食らった顔を見せたスエノは、皺だらけの顔を苦悩そのものに変え、うんうん唸った末に「あるよ」と声を捻り出す。

「もう、隠しとっても意味ないね」

そうして、スエノは——九年前のことを語り始めた。

◎

霊感というものは、大人よりも子どもの方が比較的強い傾向にある。それは純粋無垢であるが故に、空想を信じやすいからだ。

スエノ曰く、一部の子どもは奇跡的な条件下でチャンネルが合ってしまうと、あやかしの蔓延る裏側の世界に迷い込んでしまうことがあるらしい。

「大変だスエノさんっ！」

九年前の、夏至を過ぎた辺りの頃。眼鏡屋の主人の百目が、ドタドタと重たそうな体を揺らしながら綾詩荘のロビーに駆け込んできた。

「スエノさん！　人間だ！」

「そりゃあ、アタシは人間だよ」

「そうじゃない！　裏通りに、人間の子どもが迷い込んでいるんだっ！」

その子どもこそ、実乃梨だった。事の重大さを把握したスエノは、商店街中に緊急の連絡網を回し、大規模な実乃梨の捜索が始まる。体の小さなあやかしは子どもが入れそうな隙間を探索し、空を飛べるあやかしは上空からそれらしき姿がないか目を凝らした。

だが、それがよくなかったのかもしれない。良かれと思っての行動だったのだろうが、実乃梨にとってみればこの上なく恐ろしい百鬼夜行だ。見つかるわけにはいかないと、必死に身を隠したに違いない。

何の成果も得られないまま、ついには三日が経過してしまった。表側のニュースや新聞でも、実乃梨のことは神隠し事件として大きく取り沙汰されている。子どもの体力では、もう限界を越えているはずだ。

焦りながら捜索を続けるスエノの耳に、朗報が入る。綾詩荘へ駆け戻ると、そこには実乃梨の姿があった。常連の客であるあやかしが偶然見つけて、ここまで連れて来てくれたようだった。

周囲のあやかし達は無事に見つかってよかったとニコニコしているが、それがむしろ怖かったようで実乃梨は顔を青白くさせたまま硬直している。そこへ人間のスエノが来たことで安堵したのか、涙腺が決壊したように少女は泣き出した。

「見つけるのが遅くなってごめんね。もう大丈夫。お家に帰してあげるけんね」

泣き止まない実乃梨を抱き綾詩荘へ入ったスエノは、ろくに飲み食いできていなかっただろう少女に手料理を振舞うと、落ち着くのを待ってから金属製の扉を通って表通りへと送り出した。実乃梨が無事に保護されるのは、それからすぐ後のことである。

◎

話を聞き終えた実乃梨は、しばらくの間、放心状態でぼんやりと畳を見つめていた。次第に、ぽつりぽつりと言葉を落とし始める。

「そう……だったんですね。すみません。うち、あの頃の記憶は朧げで」

「そりゃそうさ。アタシがそうなるようにしただけけん」

スエノはニコリと微笑み「ネックレスは、ちゃんと肌身離さずつけとるようだね」と言葉を続けた。実乃梨は驚きつつ、ネックレスを首の襟元から引っ張り出す。玉虫色をした貝殻のペンダントトップには――亀裂が入っていた。

「ああ、ひびが！……でも、何でおばあさんがこのネックレスのことを知ってるんですか？」

「それは、アタシがお前さんに渡したもんだけんね」

さらりと言ってのけると、スエノは実乃梨の手のひらの上にある貝殻を眺めながら告げる。

「そのペンダントトップはね、〝蜃〟っちゅう巨大な蛤のあやかしの欠片でできとるんよ」

「それって、蜃気楼を発生させるっていうあの蜃ですか⁉」

「ずいぶんあやかしに詳しいがね。誰かさんにも、見習ってほしいもんだわ」

スエノの視線に気づいた集は、眉根を寄せて顔を背けた。

「それはほんの欠片だけども、蜃気楼、すなわち幻覚を見せる力が残っとる」

「これにそんな力が……」

「実乃梨ちゃん。お前さんの霊感は、なくなっとりゃせん。目に映るあやかしは蜃が幻覚で消し、裏通りでの記憶には蜃が靄をかけとるけん思い出せんだけ。そのネックレスがある限り、日常生活を送るうえであやかしが見えることはない」

ネックレスを見つめたままの実乃梨は、当然だがまだ事態を上手く飲み込めていない様子だった。今まで信じてはいたものの全く出会えなかったあやかしや裏通りの話をされても、すんなりと受け入れられるはずがない。スエノは、構わず言葉を紡ぐ。

「でもね、ここに来てしまったらそうはいかない。欠片でしかない蜃は、たまに出会うあやかしの姿くらいは隠すことはできても、大人数のあやかしまではカバーできん」

裏通り側は、あやかしだらけ。容量オーバーで、耐え切れなくなった貝殻には亀裂が生じてしまったようだった。

「だけん、覚悟せんといけんよ。お前さんはもう、自分の持つ霊感からは逃げられん」

スエノがパチンと指を弾(はじ)くと、部屋中の襖(ふすま)が一斉に開かれた。流れ込んできたのは、野次馬根性で聞き耳を立てていた宿泊客のあやかし達。それを実乃梨が目撃した瞬間、貝殻のペンダントトップは真っ二つにパキンと割れてしまった。

その途端、実乃梨の目に映る多くの異形達。大好きと公言していたそれらと対面を果たした彼女は——白目を剝(む)いて、その場で気絶してしまった。

「わあぁ！　先輩っ！　何てことするんだよ、ばあちゃん！」

「蜃のネックレスに替えはない。今後あやかしを認識して生きていくには、荒療治も必要だけんね」

実乃梨の体をそっと畳の上に寝かせると、集はスエノに向き直る。

「……先輩はあやかしが大好きなんだ。最初から霊感を封じる必要なんてなかったんじゃないのか？」

「空想して好きと言うのと、現物を直視して好きと言うのは意味が違う。現にこの子は、アタシが保護した時はあやかしが怖い怖いと泣き叫んでどうしようもなかった。だけん、あのネックレスを渡したんだで」

当時の話を持ち出されては、何も言い返すことができない。それに実際、実乃梨は今こうして気を失ってしまっている。この一件がきっかけで、あやかしが嫌いになってもおかしくない。彼女の幸せを思えば、あやかしの見えないあやかし好きな少女のままでいた方がよかったのかもしれない。

そう思っていたからこそ、スエノは実乃梨の宿泊を拒んでいたのだろう。

「集」

複雑な心境の孫へ、スエノは表通り側を指さして告げる。「人間のお客さんが来なったようだで。行っておいで」

「えっ？」

集は耳を澄ましてみたが、来客の音など聞こえない。ここから表通り側の綾詩荘まで、一体どれほど距離があるのだろう。そんつる様が間取りを作り変えているのだから、距離どころか時空が歪(ゆが)んでいると言ってもいいはずだ。そう考えると、スエノは地獄耳にもほどがある。

「実乃梨ちゃんは布団に寝かせとくけん、行ってきてごしない」

「……わかったよ」

実乃梨のことは一旦(いったん)スエノに任せて、集は部屋を後にした。

◎

「お待たせしました！」

走って表通り側まで戻った集は、困った様子で玄関に佇んでいた客へ元気に挨拶した。来客のうちの一人は、四角い眼鏡をかけた長身の真面目そうな男性。もう一人の優しげな女性の顔には、見覚えがある。陽太の母親だ。

早速来てくれたことが嬉しくて、口角が上がる。しかし、見覚えがあるのは向こうも同じだった。

「……アナタ、この間家に来た子じゃない？」

羽島家へ行った際、集は無策で飛び込んだ結果、長い沈黙の末に「間違えました」という言葉を残して逃走する失態を犯している。その間じっくりと顔を見られたのだから、覚えられているのは当然だ。

「あれはその……、と、友達の家と間違えてしまいまして」

「そうなの？　だったら、そう言ってくれたらよかったのに」

「すみません」

微妙な言い訳だったが、何とか誤魔化せたようだ。陽太の母親が疑り深い人でなくてよかった。

「あの時間いていたと思うけど、ご近所さんから無料宿泊券を二枚いただいたの。アナタがここで働いているなんて、凄(すご)い偶然もあるものね」

「はっ、はい！　本当に、凄い偶然ですっ！」

不審がられないように精一杯の笑顔で答えたが、それが逆に不審だったかもしれない。おそらくは陽太の父親だろう眼鏡の男性が集に怪訝(けげん)な表情を向けているが、何か追及されることはなかった。

「この無料券、使える？」

「もちろんです！」

「それと、乳児の料金ってどうなってるのかしら？」

母親の発言の意味が、すぐにはわからなかった。目前にいるのは、夫婦二人だけのはず。しかし、よく見ると父親は寝息を立てている赤ん坊を背負っていた。

「乳児は無料で大丈夫ですよ！」

「何だか、一円も払わないなんて悪い気がするなぁ」

無料という言葉の魅力的な響きがそうさせたのか、疑いの目をすんなりと引っ込めた父親は困り顔で後頭部を掻(か)いていた。

「お気になさらず。赤ちゃん、可愛いですね。男の子ですか？」

「ええ。陽介(ようすけ)っていうの」

これはいいぞ。九年という月日の間に、陽太には弟ができていたのか。両親のみならず、弟にまで会わせることができるのは集にとって嬉しい誤算だった。陽太も、きっと喜んでくれるだろう。

宿泊者名簿に、家族全員の名前を書いてもらう。父親の名は正隆、母親の名は寧々というようだ。陽介の名前もしっかり記入してもらい、宿泊手続きが正式に完了する。これで、そんつる様の力によりこの一家にはあやかしと触れ合えるだけの霊感が備わったはずだ。

回収した二枚の無料宿泊券は、集の手に渡ると二本のココアシガレットへ形を戻した。こんな券を公之介はどうやって咄嗟に準備したのだろうと疑問には思っていたが、よくよく思い返してみれば公之介は集のお下がりのサングラスをハムスターである自分サイズに変えていた。これもそういった変化術の応用技の一つなのだろう。

「それでは、お部屋へご案内しますね」

重い金属製の扉を開けて、一家を招き入れる。夫婦はどこへ通されるのだろうかと不安げな顔をしていたが、何も言わずについてきてくれた。と、ここで集の脳裏に一抹の不安が過る。

羽島家を招待したことは、スエノに一切伝えていない。加えて、公之介のアドリブで宿泊費も勝手に無料にしてしまっている。このことがバレたら、集のバイト代から夫婦の宿泊費が引かれることは火を見るより明らかだった。

これでは、いつまで経っても眼鏡の借金の支払いが終わらない。このままロビーまで連れて行けば、確実にスエノにバレてしまうだろう。そのことを危惧した集は、道中にある適当な部屋の襖を開けて「こちらです」と一家を通した。

客を泊めるにしては小汚く、設備も何もない殺風景な和室。正隆と寧々は目を合わせて顔を顰めていた。しかし、無料なので文句は言えない様子だ。

だが、安心してほしい。本当のおもてなしは、これからなのだから。

「ここで少々お待ちください。すぐに戻ります！」

言い残すなり集は部屋を出て、表通り側の自室がある二階に駆け上がって襖を開ける。寝惚け眼を羽で擦っているフクロウを抱えると、急いで階段を下りた。

「そんなに慌ててどうしたの、お兄ちゃん？」

「会わせたい人がいるんだ。陽太が、ずっとずっと会いたかった人達だぞ！」

よくわからないという顔で首を傾げる陽太を連れて、集は羽島家の宿泊室の襖を勢いよく開いた。驚いた両親の視線は集に注がれる。だがしかし、興味はすぐにフクロウへと移った。

陽太はよく目を凝らし——そして、嘴を開く。

「お父さん……お母さん……！」

その声に、夫婦は揃って瞳の奥を震わせた。聞こえたのは、確かに自分達の息子の声。九年の歳月が経っていようが、親が子の声を忘れるわけがない。

「今の声は……何だ？」

正隆は、部屋中を見回しながら困惑している。寧々は口元を両手で押さえて、正隆の反応から今の声が幻聴ではないことを実感しているようだった。

「ぼくだよ！　陽太だよっ！」

二人は揃って、声の発信源が目の前のフクロウだと理解する。正隆は、怒りの籠った目で集を睨みつけた。

「……どういうつもりだ？　息子の声を録音してフクロウが喋ったように見せるなんて、悪戯では済まないぞ！　お化けが出るなんて怪しい噂のある民宿なのは知っていたが、まさかこんな霊感商法のようなやり方をするとはな！　無料で誘い出しておいて、いくら毟り取ってやろうと考えているんだ？」

息子の死を弄ばれたと思い込んだのか、父親は激昂している。無理もないだろう。でも、フクロウの中にいるのは間違いなく陽太なのだ。そのことを信じてもらうために、引くわけにはいかない。

「この声は録音じゃありません。正真正銘、陽太の魂は今このフクロウの中にいるんです。この子はご両親に会いたがっていた。だから俺は、お二人をここへ招待したんです」

「お兄ちゃんの言ってることは本当だよ！」

集に加勢した陽太が、両親に問いかける。「ぼくのこと、忘れちゃったの？」と。

何度も夢に出てきた、懐かしい我が子の声。その声と、確かに会話できている。非現実的なこの出来事は時間の経過とともにじわじわと現実味を帯びてきて――ついには、夫婦の目から自然と涙が流れ出した。

「……陽太？　陽太かっ⁉」

「陽太なの？　本当に、本当に陽太っ？」

「そうだよ！　ずっと会いたかった！」

夫婦はフクロウを囲み、喜びの涙を零す。その光景を前にした集の胸の中には、今まで知らなかった気持ちが芽生えていた。

綾詩荘の仕事はキツい。いいように扱き使われて、うんざりすることもあった。眼鏡の借金がなければ、とっくの昔に辞めていただろう。だが——こういう光景を見ることができるのなら、案外悪くないかもしれない。

「陽太と話せるのは、綾詩荘の中だけです。どうぞ、家族の時間を心行くまで」

最低限の説明を残して、部屋を出る。襖を閉めた後で、集は「よしっ」と小さくガッツポーズを決めた。

◎

集がスエノの部屋に戻ると、実乃梨はすでに意識を取り戻していた。しかし、何やら怯えている。原因は、人に化けて看病していた公之介にあるようだ。

「ほーら、実乃梨殿。何もしませんから、怖くないですよー」

そうは言っても、色黒で筋肉質な成人男性に誰もいない部屋で迫られたら怖いに決まっている。集は呆れ顔で「変化を解いた方が受け入れてもらえると思うぞ」とアドバイスした。

それを聞き入れた公之介は、その場で宙返りを決めるとハムスターの姿へ戻って畳の上に着地する。愛らしい見た目が生み出すその効果は、絶大だった。

「わーっ！　喋るハムスター！　しかもサングラス載っけてる！　可愛いっ！」

「可愛いとは失礼な！　私はダンディなハム……ちょっ、お腹を擽るのはやめてください！」

実乃梨に好き放題撫で繰り回され、公之介はすっかり骨抜きにされている。気を失った時はどうなることかと肝を冷やしたが、思ったより元気そうな様子に集は一先ず胸を撫で下ろした。

「化けるうえに喋るハムスターなのに、驚かないんですね」

「うん。蜃のネックレスが割れちゃったからかな？　神隠しに遭った時のこと、全部思い出したの。酷いね、集君。妖怪を信じてないなんて、嘘っぱちじゃん」

「信じていないとは言ってないんですが……すみません」

そこまで怒ってはいなかったのだろう。実乃梨はすぐに笑顔を作ると、公之介をつまみ上げて自身の手のひらの上に乗せた。指の腹でふわふわの頭を撫でながら、彼女は語り出す。

「集君さ、うちが小さい頃迷子になっていたところを助けられたことがあるって話したの覚えとる？」

「もちろんです」

その経験があるから、実乃梨は羽島家を探していた集を手助けしてくれたのだ。

「七歳の時、うちは妖怪だらけの場所に迷い込んで逃げ続けてた。見つかったら、絶対食べられると思ったけんね。それで、気力も体力も限界に近かった三日目。うちはあの子に出会って、綾詩荘のおばあさんのところまで案内してもらったの」

それこそが、迷子になった自分を助けてくれた相手の顔を実乃梨が思い出せなかった理由だった。あやかしとの記憶なので、ネックレスが靄をかけていたのだ。その靄が綺麗に晴れた今、相手のことをハッキリと思い出すことができたようだった。

「うちはあの時――喋るフクロウに助けられたんよ」

――点と点が結びつき、集は大きく目を見開く。

「それって……」

続く言葉は、耳を劈くような悲鳴で遮られる。羽島家の部屋の方からだ。

「先輩はここにいてください！」

集は公之介を肩に乗せると、慌てて転びそうになりながらスエノの部屋を走り出た。

襖を開けた先に広がっていたのは、予想だにしない光景だった。

◎

正隆と寧々は、赤ん坊の陽介を庇(かば)うようにして部屋の隅で丸くなっている。室内では、頭が天井につくほど巨大化したたたりもっけが両翼を広げていた。鉤爪(かぎづめ)を使い暴れまわったのか、壁や畳の至る所が鋭利な刃物で切り裂かれたかのように抉(えぐ)れている。

「よっ、陽太⁉　何やってんだよッ！」

集が大声で叫ぶが、陽太は聞く耳を持たない。畳を握り潰(つぶ)しながら、ぶつぶつと言葉を落としている。

「なんで？　なんで？　なんでぼくの代わりがいるの？　ぼくは必要ないの？　ぼくは忘れられてしまったの？」

それは——弟の陽介に対する恨みごとだった。

集は夫婦が陽介を連れてきた際、弟がいるとわかれば陽太もきっと喜ぶと思っていた。しかし、それは大きな間違いだった。陽太の魂は、未(いま)だ四歳のままなのだ。自分が亡くなってから、九年もの歳月が流れているとは夢にも思っていないのだろう。

それなのに、大好きな両親の傍らには別の子がいる。自分の居場所を取られたと思い込み、嫉妬(しっと)することは予測できたはずだ。どうして気にかけることができなかったのだろう。

「陽太！　その子はキミの弟だ！　キミが亡くなってから、もう九年も経ってるんだよッ！」

「駄目です集殿、聞こえておりません！　ここは私がッ！」

肩から飛び降りた公之介が、くるりと一回転する。しかし、なぜか変化(へんげ)できずにそのままの姿で床の上に着地してしまった。

「す、すみません。猛禽類(もうきんるい)が恐ろしすぎて、うまく変化できません……」

「——くそっ！」

駆け出し、集は一家と陽太の間に割って入った。「止まってくれ！」と呼びかけるも、たたりもっけは恨み言を零すばかり。羽をバタつかせながら、陽太は鋭い鉤爪を振り上げた——途端に、動きを止めた。

「集！　これはどういうことだかいねっ！」

現れたのは、騒ぎを聞きつけたスエノだった。スエノの飛ばした人の形に切り抜かれた紙が、陽太の体に纏(まと)わりついて動きを封じている。おそらくは、祓(はら)い屋の術なのだろう。

スエノの追及に、集は何も答えることができなかった。だが、状況を見れば孫が自分に隠れて何をしていたのかを見抜くのは難しくない。

「……たたりもっけを家族に会わせたわけかい。馬鹿なことを」

「……馬鹿なことって何だよッ！　俺は、陽太を成仏させてやりたかったんだ。自分なりに、ばあちゃんの言う『人とあやかしとの懸け橋』になろうとしたんだよ！」

「家族に会わせるだけで成仏させられるなら、アタシがとっくに実行しとるわ。たたりもっけはね、そんな単純なあやかしじゃない。その名に『祟り』を含むことからもわかる通り、間違った方向に進めば家族を祟る性質を持つあやかしなんだで。両親に会わせるだけでも十分危険なのに、弟までいたとなれば最悪だがね。たとえ年月がかかろうとも、時の流れに任せるのが一番間違いない方法だった」

「そんなこと……」

知らない。そんなこと、知っているわけがない。だが、それは言い訳にしかならないのだろう。努力したつもりだったが、未熟者が一人で空回りしていただけ。取り返しのつかない失敗のせいで、陽太は今悪霊に成り下がろうとしている。

「……どうすればいいんだ？」

「可哀想だけど、祓うしかないね」

「そんなっ！」

それはあんまりだ。だが、スエノにとっても辛い選択だということは歯を食い縛るその表情を見れば明白だった。そもそもスエノは、もうあやかしを祓いたくないから民宿を開き、共存する道を選んだのだから。

スエノは、祓い屋としてはもう現役ではない。術による拘束が徐々に緩み、陽太の巨大な翼の片方が解放される。その羽が巻き起こす旋風は、狭い室内を台風のように暴れまわった。

柱にしがみついて強風に耐えながら、集は必死に考える。ここで祓わなければ、陽太は自分の家族を祟る存在になってしまう。それどころか、この場で殺めてしまう可能性すらある。彼のためにも、それは絶対に阻止しなければならない。だからといって、陽太が祓われるのを黙って見ているなどできない。

「待ってくれ、ばあちゃん！　もう少し時間を」

「そげに悠長に考えとる暇はない！……すまないね」

制止する集の言葉を振り切り、スエノは術に力を込めた。

——そこへ、

「……やっと会えたね、陽太君」

覚束ない足取りでやってきた実乃梨が、陽太にそう語りかけた。

我を忘れていた瞳が、実乃梨を捉える。途端に、陽太は動きを止めた。

「わかる？　うちだよ。楠実乃梨」

「……実乃梨お姉ちゃん？」

「そうだよ。あの時のこと、覚えとる？」

それは、実乃梨が七歳の頃。ひょんなことから裏通りへと迷い込み、三日間彷徨って体も心も限界が近かった彼女の前に、一匹のフクロウがふわりと舞い降りる。それは、たたりもっけになって間もない頃の陽太だった。

泣いている実乃梨を、陽太は綾詩荘のスエノのところへ連れて行った。そのおかげで、彼女は無事表通りへと戻ることができたのだ。

「……覚えてるよ」

陽太は、泣きそうな声で答えた。それはあやふやになりつつあった人間の頃の記憶ではなく、あやかしになって以降の記憶だ。だからこそ、陽太は実乃梨のことをハッキリと覚えていたのだろう。

「ごめんね。うち、陽太君に助けられたことをすっかり忘れてた。思い出すまで、九年もかかっちゃったよ」

「九年……？」

陽太の黒い目が、両親に向けられる。その顔が自分の知るものよりいくらか老けていることに、ここでようやく気づいたようだった。

「うちね、またこっち側に来たいって思ってずっと入口を探してたの。もう一度妖怪に会いたいからだと自分では思っとったけど、ネックレスが壊れた今なら本当の理由が思い出せる」

実乃梨は笑顔で、陽太に伝える。

「あの時は、私を助けてくれてありがとう。あの時言いそびれたお礼を、ずっとずっと陽太君に伝えたかったの」

それこそが、実乃梨が裏通りへもう一度行きたがっていた理由だった。

すっかり大人しくなったたたりもっけの様子を見て、スェノが術による拘束を解く。電池が切れたかのように大人しくなっている陽太に話しかけたのは、正隆だった。

「……子どもは、もう諦めようと思っていたんだ。でも、陽太はずっと弟か妹が欲しいって言ってただろう？　そのことを思い出して、お母さんと何度も何度も話し合って、この子を産んだんだ」

大声で泣き続けている自分の弟を、陽太は高い位置から見下ろしている。

「名前は陽介。陽太の『陽』を貰ったの。いい名前でしょう？　よかったら、頭を撫でてあげてくれない？」

寧々に促されて、陽太は羽の先で陽介に触れる。あれだけ泣き喚いていた陽介は、羽毛で撫でられるとピタリと泣き止み、静かに寝息を立て始めた。

「……ようすけ」

「そう。陽太の弟よ」

「ぼくの、弟……」

──蛍の光のように淡く、陽太の体が白い光を帯び始める。見る見るうちに縮んで元の大きさに戻ったフクロウの体から、発光する球体が抜け出した。それは羽島一家の周りをくるりと回ると、壊れた窓から外に出て行く。陽太の宿主だったフクロウが、その魂を導くように後へ続いた。

優しく輝く大きな月へ向かって飛ぶ一人と一羽の影は、次第に小さくなっていく。姿が見えなくなっても、夫婦はしばらくの間綺麗な月を眺めていた。

◎

後日、集は実乃梨とともに羽島家を訪れた。寧々は「あら実乃梨ちゃん。それに、綾詩荘の！」と快く二人を迎え入れ、ダイニングで紅茶を振舞ってくれた。

「先日はありがとう。とても楽しい時間を過ごせたわ」

「楽しかった……ですか？」と、集はやや怯えながら尋ねる。

「ええ。ほら……ええと、あれ？　よく思い出せない。嫌だわ、まだそんな年じゃないのに」

あやかしとの思い出は、強い霊感を持つ者を除いて、人の記憶に長く留まれない。どんなに刺激的な体験をしたとしても、その思い出は昨晩見た夢のようにすぐ朧げになり消えてしまう。あやかしが抜け落ちることで不自然になる記憶の箇所も、脳が辻褄の合うように解釈して埋めてくれる。前に一度、先生からそう説明してもらったことがあった。

だから、寧々はあの夜のことを覚えていなくて当然なのだ。もしかしたら記憶が残っているかもという淡い期待を抱いてここへ来たのだが、そう上手くはいかないらしい。

せっかく陽太と再会して話せたのに、それを忘れてしまったというのは、少し寂しい気がした。

「でもね、何か素敵なことがあった気がするの。とても素敵で、嬉しいことが」

――だが、体験した以上は何も残らないということはない。心の奥底で滞留しているその温かい気持ちは、きっとこれからも正隆や寧々、そして陽介の支えになってくれることだろう。

紅茶の礼を言い、二人は羽島家を出る。陽介を抱いた寧々は、門扉の外まで見送りに出てきてくれた。曲がり角の手前で振り返ると、彼女はまだ集達の方に向かって手を振ってくれている。

「……これでよかったんですよね」

集は、ぼそりと実乃梨にそう呟いた。

「当たり前じゃん。うちは陽太君にちゃんとお礼を言えたし、羽島さん夫婦も忘れてしまってこそいるけど、陽太君とお話しできた。上出来だよ」

「でも、陽太は……」

「ほら集君、よく見て」

実乃梨に背中を優しく叩かれて、集は寧々の方へ改めて目を向ける。すると、見送りの人数が増えていた。寧々と陽介の隣に、もう一人。それは――四歳くらいの男の子だった。

「えっ……あの子って、陽太……!?　何で？」

「たたりもっけはね、家族を恨めばその家を祟る性質がある。でも、家族を許せばその家の座敷童子になる一面も併せ持っとるに」

「何ですかそれ……極端なあやかしですね」

集は、自分の声が微かに震えていることに気づいた。瞳から零れ落ちそうになった涙を、実乃梨に気づかれる前に学ランの袖でごしごしと拭い取る。

泣く必要はない。陽太の姿は家族には見えないだろうし、同じように年を重ねることも叶わない。だが、元気にこちらへ手を振る様子を見れば誰でもわかる。陽太は、自ら望んでそこにいるのだと。

ならばきっと、もう寂しくはないだろう。

集は笑顔で、新米の座敷童子に手を振り返した。

◎

集の足は、すでに限界を超えていた。

今回の失態でスエノが下した罰は、正座三時間。まだ一時間ほどしか経っていないが、集の足はもう感覚がなくなるほどビリビリに痺れている。その隣では、集に加担した罪で公之介も『三時間耐久回し車』という罰を受けているが、こちらも限界が近そうだった。

「ごめんよ公之介ぇ。俺に味方したばっかりに！」

「み、水臭いですよ集殿ぉ。我らは一心同体ではありませんか！」

かっこいい台詞と同時に足が縺れて、公之介の体が回し車から放り出される。それに釣られるようにして、集も「もう駄目だぁ！」と畳の上に突っ伏した。

「情けないねぇ」と、監視していたスエノが呆れ顔で吐き捨てる。

「あ、足の感覚がないっ！　もう勘弁してくれよばあちゃん！　反省してるって！」

「次またアタシに内緒でコソコソ勝手に動くようなことがあったら、正座に加えて石も抱かせちゃるけんね。わかったかい？」

江戸時代に行われていた拷問の光景が思い浮かび、全身に鳥肌が立つ。青白い顔をしている集を見て十分反省していると受け取ったのか、スエノは「まあ、今回はこれで許しちゃるわ」と解放してくれた。

「……いいのか、ばあちゃん？」

「ああ。お前さんが自分なりにこの民宿の掲げる目的を果たそうと動いてくれたのは、ちゃんとわかっとる。まだまだ未熟で知識も足りとらんが、その心意気は嬉しかったけんね」

まだ動けない集の頭をわしゃわしゃと撫でて、スエノは笑顔を見せる。まさか褒められると思っていなかった集は、照れを隠すように「それよりも！」と話題を変えた。

「楠先輩のこと、どうするんだ？　もう蜃のネックレスはないんだろ？」

「ないもんは仕方がない。あの子はこの先、あやかしとうまく付き合いながら生きていくしかないわい」

　実乃梨は、あやかし好きを公言している。しかし、それは過去の裏通りでの恐怖体験を忘れていたからこそ言えたこと。サッカーを観るのが好きなのと、サッカーをやるのが好きなのは意味が全く異なってくるのと同じだ。

　足の痺れと格闘しながら、集は不安になる。実乃梨は、あやかしが見えなかった頃に戻りたがっているのではないだろうか。

　浮かない顔の集を、スエノは「こっちに来んさい」と無理矢理立たせる。生まれたての小鹿のような足取りで裏通り側のロビーまで行くと、目の前の意外な光景に集は口をあんぐりと開けた。

　実乃梨がいるのだ。しかも、集とは色違いの薄い桃色の作務衣を着て忙しなく歩き回っている。あやかし達に笑顔で接するその姿からは、過去のトラウマなんて欠片も感じられない。

「あ、集君！　女将さんの罰は終わったの？」

「楠先輩……これはどういうことですか!?」

「だけん、実乃梨でいいって何回も言ってるじゃん！　見ての通り、女将さんの許しを貰ってここでバイトさせてもらうことになったたに」

急な展開に、なかなか頭がついていかない。

「えっ、でも、同好会はどうするんです？」

「廃部になっちゃうね。でも、先輩達の許しは貰ったけん」

「……よかったんですか？」

「いいに決まってるじゃん。妖怪……じゃなかった、あやかしのことを知りたいなら、同好会の部室で文献を読み漁ってるよりもここで働いた方がずっと有意義だもん」

語る実乃梨の目には僅かに悲しみが浮かんでいる。しかし、表情は晴れやかだった。

初めて出会った時からわかってはいたことだが、行動力の化身のような人だなと集は改めて感じた。

実乃梨は、あやかしが好き。それは過去のトラウマが掘り返された程度で、あっさり折れてしまうほど柔なものではなかったようだ。

「そういうことだけん、よろしくね先輩！」

「先輩はくす……実乃梨先輩の方じゃないですか」

「バイトでは集君の方が先輩じゃん。あ、集先輩って呼ぼうか？」

「わざと言ってますよね！　やめてくださいよっ！」

こうして綾詩荘は、また一つ賑やかになる。実乃梨にたじたじな集を遠目に、スエノは満足そうに頬を緩めていた。

三話　雨の恋と傘の旅

川沿いに咲くアジサイの蕾(つぼみ)が徐々に膨らんできた六月上旬。先日梅雨入りが発表され、教室の窓の外は今朝から雨がシトシトと降り続いている。

「じゃあな、夜守」

「ああ。また明日(あした)」

集は、クラス内で普通に挨拶(あいさつ)を交わすくらいはできるようになっていた。大半があやかし相手とはいえ、接客業で働くことはコミュニケーション能力を育(はぐ)むうえで有効なのかもしれない。

「よかったですね、集殿。友達百人も夢ではありませんよ！」

「そんな、小学生じゃあるまいし」

肩の上の公之介に小声で答えながらも、集は内心満更でもなかった。人と仲良くなるのは、自分で思っていたほど難しいことではないようだ。こちらから好意的に話しかければ、向こうからも好意的な言葉が返ってくる。あやかし相手にそれができているのだから、人間相手にもできないわけがない。

そのことにもっと早く気づけていたら、今でも引っ越さずに親戚夫婦の下にいられたのだろうか。自分を遠ざけた人達と、友達になることができたのだろうか。最近は、たまにそんなことを考えてしまう。今更過去を振り返っても仕方ないのだが。

部活に向かう者や談笑する生徒達で、放課後の廊下は混雑している。喧噪の中を昇降口に向かいながら、集はふと自身の左手首に視線を落とした。脈拍を測る位置には、憑き物が全ていなくなるまで決して消えない特別な墨で書かれた〝七十四〟という数字が今もしっかりと残されている。

「……それにしても、俺の中の牛蒡種は全然剝がれ落ちないな」

勝手に週一ペースくらいで減っていくものかと思っていたのだが、未だに分離したのは公之介のみ。この数字が消えるまでにかかる時間は、集の予想よりも大分長くなりそうだった。

靴を履き替え、傘立てからビニール傘を引き抜く。そこで、実乃梨とばったり出くわした。

「集君！　公之介君！　偶然だね！」

嬉しそうに駆け寄る実乃梨の手には、真新しい水色の傘が握られている。

「一緒にバイト行こうよ！」

「ええと……そうですね」

たたりもっけの一件をきっかけに、実乃梨は綾詩荘でバイトをしている。たまにこうして鉢合わせると一緒に綾詩荘へ向かうのだが、その様子が傍から見ればどう映るのか、実乃梨は気にならないのだろうか。

それぞれが自分の傘を差して、雨空の下へ出る。数歩進んだところで、集は「あれ？」と立ち止まった。

「どうしたの？」

「傘を間違えたみたいです」

集のビニール傘は、三日前に出先で雨に降られた際にコンビニで買った比較的新しいものだ。しかし、今差しているこの傘は骨が一本折れている上に、小さな穴も数か所空いており、部分的に錆びついているところもあった。

昇降口へと戻り、自分の傘を探す。だが、傘立てにそれらしきものは見当たらなかった。ビニール傘のデザインは、どれも白いプラスチックの持ち手に透明なビニールと似たり寄ったり。間違って持って帰られてしまったのだろう。

しかし、ないからといってずぶ濡れで帰るわけにもいかなかった。

「……公之介って、傘に化けられる？」

「できますが、私が風邪を引いてしまいます」

あやかしも風邪を引くのかと尋ねたかったが、どのみち酷い提案には変わりないので、集は「だよなぁ」と早々に諦めた。

腕を組み考えていると、実乃梨が何の躊躇いもなく「うちの傘に一緒に入っていけばいいじゃん」と提案してきた。瞬時に、顔が熱を帯びるのを感じる。実乃梨と相合傘なんて、とても心臓が耐えられそうもない。

「おっ、俺はこのボロ傘を持って帰らせてもらいますよ！」

「盗むのは駄目だよ。うちのに入ればいいのに。何、集君？　照れとるの？」

「ち、違いますよっ！　この傘は放置されてたっぽいですし、持って帰っても誰も困りませんって」

誤魔化すように理由をつけて、集はその傘を拝借することにした。ボロ傘を開き、再び雨の中へ飛び出す。ビニールに空いた穴から滴り落ちる水滴が当たり頭をくしくしと拭う公之介を見て笑いながら、集と実乃梨は綾詩荘へと向かった。

◎

「ただいま」

表通り側の建付けの悪い玄関戸を開けると、先生が「お帰り」と出迎えてくれた。いつも通りの灰色の甚平姿で、栗色の髪はボサボサだ。目の下には、締め切りとの攻防で生まれたのかパンダのような隈ができている。そんな酷い有様なのにきちんとかっこよく見えるのだから、不思議なものだ。

「おや？」

先生は集の持つボロ傘に目をやると、面白いものを見つけたというような反応を示す。

「集君。その傘、裏通り側へ持って行ってごらん」

「なぜですか？」

「行けばわかるよ。じゃあ、私は仕事に戻るから」

そう言い残して、先生は欠伸を嚙み殺しながら二階に上がっていく。集は傘に目を落として首を傾げるが、言われた通りそれを片手に金属製の扉を開けた。

水木しげるロードの表と裏を繫ぐ民宿、綾詩荘。表通り側のオンボロ具合が噓のように豪勢な裏通り側のロビーは、今日もたくさんのあやかし達で賑わっていた。

集は、傘を繁々と眺める。「特に何ともなさそうだね」と、隣で実乃梨が感想を漏らした。試しにその場で広げてみると、ビニール傘はバサッと音を立てて開く。そこで、ようやく変化に気づいた。

ビニール部分の外側の一画に、大きな一つ目と口が出現しているのだ。

「なんと！　話せるではないか！」

「うおおっ⁉」

急に傘が発した大声に驚き、思わず放り投げてしまう。傘は体で空気を受け止めると、舞うようにしてふわりと着地した。

「いきなり投げるとは失敬な！」

「ご、ごめん！　ビックリして」

つい先ほどまで雨から身を守ってくれていたボロ傘と、今こうして普通に話している。何だか、妙な気分だった。実乃梨はしゃがみ込んでしばらくの間喋る傘を観察していたが、急に「傘化けだ！」と声を上げる。

その名のあやかしは結構メジャーなので、集にも聞き覚えがあった。傘化けは傘の付喪神で、一つ目と口から飛び出す長い舌に加えて、傘の軸の部分が人の足のようになった姿で描かれることが多い。

付喪神とは、長い時を経て妖怪変化した器物の総称だ。綾詩荘の利用者にも、付喪神は多い。とはいえ、それが生まれる瞬間を目の当たりにするのは初めてのことだった。

「うわぁ、凄い！　面白いっ！」と、実乃梨は鼻息を荒くしながらべたべたと傘化けに触る。一緒に働き始めてわかったことだが、実乃梨はあやかしが好きすぎるせいで、客だろうが誰だろうが興味を持ったあやかし相手には好奇心のままに突撃してしまう悪い癖があった。

集が実乃梨の肩を摑み傘化けから引き離そうとしていると、「おかしなもんを拾ってきたね」と厨房の方からスエノが現れた。相変わらずいつもと同じ水色の着物姿だが、時季的にいい加減暑くはないのだろうか。

「どうやら、その傘はここに来たことで付喪神化しちまったようだね」

「付喪神って、そんな簡単にぽんぽん生まれるものなのか？」と、集が問う。

「そんなわけないがな。この傘は、条件を満たしとったってことだがね。お前さん、思い当たる節はあるかい？」

尋ねられた傘は、自慢げに先ほど得たばかりの口を開く。

「我はこれまでに数多の人の手を渡り歩き、全国を旅してきたビニール傘。そこの少年で、ちょうど記念すべき百人目になる」

ボロ傘なのに偉そうな口調なのがアンバランスで、集は少し笑ってしまった。それにしても、たった一本のビニール傘が百回も人の手から手へと渡り歩いてきたというのは驚くべき話だ。大抵はそれまでにどこかで破棄されてしまうような気がする。

「小さい念も、百人分集まれば相当なもんになる。それでも、付喪神化するにはちょいと足りんね。不足分はここの妖気が補ってくれとるんだろう。だけん、表通りに出ればただの傘に逆戻りだで」

「なるほど。ご説明いただき感謝する。美しいマダム」

「口の上手い傘だがね。ヒャッヒャッヒャッ！」

初対面でスエノに気に入られるとは、なかなか策士な傘のようだ。

「ええと……ばあちゃん。この傘どうしよう」

「集が持って帰ってきたんだで？　自分で考えんさい」

集が予測していた通りの返答を残し、スエノは自分の仕事に戻っていく。実乃梨の傘に入れてもらって帰ればよかったかなと思う一方、もしそうしていたらこの傘は付喪神として目覚めることもなかったわけで。

「……わかったよ。とりあえず、今日からは俺が持ち主ってことで。俺は集。こっちは公之介で、この人は実乃梨先輩」

紹介された公之介と実乃梨が、順番に「よろしく」と挨拶する。

「キミのことは、何て呼べばいい？」

「名はない。呼び名は、先ほどそちらの大変可愛らしい実乃梨お嬢さんが呼んでいた『傘化け』で構わんぞ」

「大変可愛らしい実乃梨お嬢さんっ！」

よほど嬉しかったのか、実乃梨は口元を両手で覆い照れている。スエノに対してもそうだったが、女たらしな傘のようだ。

「じゃあ、よろしく傘化け。とりあえず、俺達はこれから仕事があるから」

傘化けを拾い上げて閉じようとしたところ、彼は「待たれよ」と集の手から抜け出した。

「傘立てに収まっているのは暇だ。我はここで待っておる。労働が終わり次第、迎えに来るがよい」

実際、意識が目覚めた傘を閉じてしまうのも悪い気がした。ロビーなら賑やかなので、話し相手になってくれるあやかしもいるだろう。

「くれぐれも、お客様に迷惑はかけないように頼むよ」

「ああ。少年は気にせず、しっかりと勤めを果たせ」

「それじゃあ、また後で」

ご満悦な傘化けをロビーに残して、集達はそれぞれの仕事へ取りかかった。

◎

夜道は危険なので、実乃梨はバイトを午後六時には切り上げて帰宅する。本人はもっと働きたそうにしているが、スエノが許さないのでこればっかりは仕方がない。

対して、民宿に住んでいる集には帰宅時間の心配などいらない。だから、毎日大体夜の九時頃まで働かされている。自分の肩には百万円という眼鏡代の借金が乗っていて、多く働けばその分早く返済できるのだから否も応もなかった。

陽太の一件以降、綾詩荘の仕事に対する考え方は集の中で大きく変わっていた。大きな失敗こそしてしまったが、スエノは集なりに陽太の力になりたくて行動したことを認めてくれている。それに対して、次こそはと思っている自分がいた。

もしかすると、スエノの手のひらの上で踊らされているだけなのかもしれない。そうだとしても、嫌な気持ちにはならなかった。綾詩荘で働き始めたおかげで、実乃梨に会えたのだ。クラスメイトとも、仲良くなれそうな手ごたえを感じている。

最初こそ嫌々だったが、今はこの仕事にやりがいのようなものを見出し始めているのかもしれない。

あれやこれやと業務を熟し、今日も一日いい汗を掻いた。大食いチャレンジくらいでしかお目にかかれないような特大の皿を何枚も洗わされて、腕がパンパンだ。早く風呂に入って休みたい。

「傘化け、迎えに来たよ」と、集はロビーに声をかける。待合のソファーの一角には、どういうわけかあやかし達が集まっていた。近づいてみると、傘化けの得意げな語り口調が聞こえてくる。

「そこで我は見たのだ。厳島神社の向こうに架かる、雨上がりの虹を。そうして我の六十八人目の持ち主は、めでたく彼女と結ばれたのである」

どうやら、傘化けが旅の話を語り聞かせていたらしい。話が締め括られると、拍手喝采が広いロビー全体を包み込んだ。

「おお、迎えの者が来たようだ。済まぬが諸君、今日の話はここまでとしよう」

傘化けが終了を告げると、客達はいい話が聞けたと満足顔で去っていく。だが、誰よりも満たされているのは語った傘化け自身のようだった。

「楽しかったみたいだな」

「ああ。明日もここで話を披露してやってもいいぞ、集よ」

引き攣った笑顔で、集はずっと気になっていたことを尋ねてみる。

「……なあ、何でキミはそんな喋り方なんだ？」

見た目はいつ捨てられてもおかしくないボロ傘なのに、口調だけはまるで貴族のようだ。そうなった理由は、一体何なのか。

「人間達は嫌な顔一つせずに我を担ぎ上げ、さまざまな景色を見せるために率先して我を運ぶ。故に、我は偉い！……まあ、雨の日ばかりなのは少し不満ではあるがね」

何だそれはと言いたくなる理由だったが、傘の側からしてみれば間違った解釈ではないのかもしれない。実際のところ、雨の日は人間よりも傘の方が間違いなく頭が高いのだから。

「それで、明日の件だが」

「……わかったよ。お客様にも好評みたいだし、傘化けの好きなようにしてくれ」

許可すると、傘化けはにんまりしていた。彼の話にあれだけの集客力があるならば、商売繁盛にも一役買ってくれるかも。そんな商魂逞しいことを考えてしまう辺り、集もスエノに似てきたのかもしれない。

◎

翌日の天候は、昨日までの落ち着いた雨とは異なり大荒れだった。

あやかしも人と同じで足元の悪い日にはあまり外へ出ないのか、せっかくの土曜日だというのに客の数はずいぶんと少ない。そもそも、あやかしに休日の概念があるのかどうかはわからないが。

ロビーに話をする相手が少ないのが不満のようで、傘化けは大声で嘆く。

「おのれ！　雨など降らなければよいのにっ！」

「傘がそれを言ったら駄目じゃないか？」

とんでもないことを言う傘に、集はすかさずツッコミを入れた。雑務がひと通り片付き暇なので、今はロビーに置いてある将棋で実乃梨と遊んでいる。たまには、こういうのんびりした日も悪くない。

盤面は、集が序盤から有利に進めていた。一時期将棋ゲームのアプリにハマっていたので、ズルいといえばそうかもしれない。

「とりゃあっ！」

劣勢の実乃梨は、満を持して持ち駒の飛車を出す。しかし、これはおかしい。なぜなら、盤上に現在飛車の駒が三つあるからだ。

「実乃梨先輩。変化した公之介を駒にするのはズルいですよ！」

指摘すると、飛車の駒にニュッと公之介の顔が浮かび上がる。「取れるものなら取ってみてください！」と挑発されたので、カチンときて桂馬で飛車を取りにいった。

しかし、公之介は右に一マス動いてそれを避ける。

「さすがに反則だろっ！」

「実乃梨殿はほぼ素人なのです。大人げないですよ集殿」

「そーだそーだ！」

集はぐぬぬと歯を食いしばる。手番が実乃梨に回ると、公之介は自身に刻まれている駒の名前を角行へと変化させた。いくら何でもそれは万能過ぎるので再度抗議しようとしたところで、玄関の軒下にぶら下がっているヤカンヅルがガランガランと鳴った。来客だ。

将棋を中断して、すぐさま出迎えに動く。開けられた玄関戸の向こうには、白いワンピースを着たずぶ濡れの女性が立っていた。どうやらこの大雨の中、傘を差さずに来たらしい。手前に垂れ下がったびしょびしょの長い黒髪は某有名な、テレビから這い出てくるあの幽霊を彷彿とさせる。

もっとも、ここはあやかしの泊まる民宿だ。そんな霊が泊まりに来ても、何も不思議ではないのだが。

「あの」水を滴らせている客が口を開く。「こちらに〝手形傘〟があるとお聞きしたのですが」

「それより、とりあえず中へ！　ずぶ濡れじゃないですか！　今タオル取ってきますね！　集君っ！」

「はい！」

実乃梨に頼まれて駆け出そうとする集を、彼女の「それならお構いなく」という声が制止した。

彼女の体は、突如としてスポンジのように雨を吸収し始めた。呆気にとられているうちに、サッパリ乾いた状態になる。サラサラになった髪を掻き上げると、人形のように美しく整った素顔が露になった。

「雨は体の一部みたいなものなんです。私、雨女なので」

その説明に、集は首を捻った。雨女とは、イベントなどの当日に雨を降らせてしまうと思い込んでいる女性のことで、あやかしではない。見た目は二十歳過ぎくらいの綺麗な女性なので、人間だと言われたら納得できなくもなかった。しかし、それでは先ほどの吸水性と裏通り側から来館した理由に説明がつかない。

難しい顔をしていると、実乃梨が集の耳元で説明してくれた。

「雨女は、今集君が思い浮かべてる方じゃなくて、あやかしとしての雨女だよ。雪女はわかるでしょ？　あれと同じニュアンスで、雨女」

なるほど、雨に関連するあやかしということか。それが彼女の正体らしい。実乃梨曰く、かの有名な妖怪画家の鳥山石燕にも描かれたあやかしなのだとか。一度説明が始まると実乃梨はそのオタクっぷりを惜しげもなく披露してくるため、集はキリのいいところで礼を挟みお喋りな口を塞いだ。

「私は雫と申します。どうぞよろしく」

自己紹介をして、雨女の雫は丁重に頭を下げる。そして、話は振り出しへと戻った。

「それで、手形傘がここにあると聞いて伺ったのですが」

訊かれても、集にはその手形傘が何なのかわからない。実乃梨に視線で尋ねてみたが、彼女も困っている様子だった。雫は「あ、もしやこれでは？」とロビーにいた傘化けの下へ小走りで駆け寄り手に取ったが、窓の外に目をやると「違うようですね……」とすぐに彼を手放した。

「いきなり我を持ち上げるとは、お転婆なお嬢さんだ」と、傘化けがキザな台詞を吐く。もっとも、キョロキョロと辺りを見回して手形傘とやらを探す雫にその声は届いていないようだが。

そこへ、スエノが階段を下りてくる。話は聞こえていたようで、「いらっしゃいませ」と頭を下げた後に「生憎ですが、手形傘はもうここにはございませんよ」と雫に伝えた。

「どなたかに譲ってしまわれたのですか？」

「十年ほど前、知人のあやかしに。今頃は、どこで何をしているやら」

「そうでしたか……残念ですが、仕方ありませんね」

雫は、困り顔に無理矢理笑顔を貼り付けていた。

「よければ、事情を聞かせてくれませんか？　何かお役に立てることがあるかもしれませんし」

実乃梨が申し出ると、雫は少し迷いながらも「では、ご厚意に甘えて」と綾詩荘に来た理由を透き通るような美しい声で語り始めた。

◎

雫曰く、それは少し前の出来事らしい。

雨に纏わるあやかしの彼女にとって、雨は体の一部のようなもの。それ故、雨の日に傘を差すという習慣はない。

ある雨の日、雫が水木しげるロードの表通りを濡れながら散策していると、不意に横からスッと傘が差し出された。

「風邪を引きますよ」

隣には、いつの間にか傘を持つ二十代くらいの男性の姿があった。腰に巻かれた前掛けの『戸川酒店』という文字を見る限り、すぐそこに立つ酒屋に勤めている人のようだった。

あやかしである雫の姿は、普通の人には見えないはずだ。雨の日なので雫自身の力が高まっていたのか、それとも男性側にあやかしを見る才能が備わっていたのか。真相は、わからない。

精悍な顔つきに垣間見える、他者を気遣う優しさ。そこへ雨の日に傘を差し出されるというシチュエーションも相俟って——雫は彼に、一目惚れしてしまった。

雨女は、その名の通り雨のあやかしである。彼女の場合、感情が高ぶると自分の周辺に雨を降らせたり、すでに降っている雨の勢いを強めたりしてしまうそうだ。恋愛感情が芽生えたことにより、動揺した心はそれまで淑（しと）やかだった雨の勢いを一気に強めた。天候の変化が目前の女性のときめきによるものだと、人間の彼が気づくことはないだろう。それでも「雨、強くなりましたね」と言う彼に気持ちを見透かされているような気がして、耐え切れなくなった雫は傘の下から逃げ出した。

「待って！」と呼び止める彼へ、酒屋の店内から「靖（やすし）！　何油売ってやがる！」という怒号が飛ばされる。彼の名前を胸にしっかりと刻みつけて、雫はその場を離れていった。

以上が、雫の語る現在進行形の恋の話である。

「私、もう一度靖さんに会って告白したいんです。でも、彼に会ったらまた雨を降らせてしまうでしょう。だから、手形傘を探していたんです。あちこちに足を運んだ結果、最終的には靖さんの住むこの町の綾詩荘という民宿にあるとの情報を入手しました。灯台下暗しもいいところですよね」

雫は恥ずかしそうに笑っているが、集には相変わらず手形傘が何なのかわからない。そんな表情を察してか、実乃梨が説明してくれた。

「手形傘は、雷雲を起こすあやかしの手形が押された傘のことだよ。これを差すと、雨に降られないいって言われとるに」

どうやら実乃梨は、手形傘を知らないのではなく、それが綾詩荘のどこにあるのかがわからなくて困っていたようだ。

そこへ、スエノが知識を重ねる。

「でもね、あれが効果を発揮するのは葬儀の時だけだで。だけん、もしここにあったとしても、雫さんの思うような使い方はできませんよ」

「そう……なのですね」

当てが外れてしまったことが、よほどショックだったのだろう。雫は、長い髪をだらんとさせて溜息を落とす。

「屋根のある場所で告白するのは駄目なんですか？」

集は、とりあえず思い浮かんだ方法を口にしてみた。しかし、雫は頭を横に振る。

「できれば、出会った時と同じシチュエーションで愛を伝えたいんです。屋外で、彼と向き合って。我儘を言うようですが、その方が想いが伝わる気がして」

「わかる！　うちもそう思う！　わかってないなぁ、集君は」

実乃梨にやんわり否定されて、雫に代わり今度は集が項垂れた。無難な解決策を提案したつもりだったのに。雫は場所も妥協したくないほど、告白に対して本気らしかった。

人とあやかしの恋なんて、少し考えただけでも数えきれないほどの障害がある。それでも、雫はできる限り最高の告白を行おうとしていた。手形傘も、そのために粘り強く探していたのだろう。

「じゃあ、特訓しましょう！」

実乃梨の唐突な提案に、雫は「特訓ですか？」とやや困惑している。

「そうです！　要は、感情の変化で雨を降らせないようになりたいんですよね？　だったら、ドキドキに慣れるよう特訓しましょう！」

「ですが、この胸のときめきを抑える練習なんて、靖さんのそっくりさんでもいない限り無理ですよ」

「話は聞かせてもらいました！」

公之介が将棋の盤上からぴょんと跳び上がり、一回転していつもの金髪で色黒な人間体へと化ける。彼は徐に取り出したココアシガレットを咥えると、サングラスをかけてビシッと決めポーズを取った。

「このダンディな化けハムスターの公之介が、靖さんの特徴をお聞きして本人そっくりに化けてみせましょう！」

「変化術が使えるんですね。それは心強い！」

雫は公之介に拍手を送る。しかし、その笑顔はすぐにまた曇ってしまった。

「でも私、練習中に公之介さんを雨でずぶ濡れにしてしまうかもしれません……」

「話は聞かせてもらったぞ」

公之介に続き、ソファーにいた傘化けがふわりと飛び上がる。そのままゆっくりと降下して、公之介の手に収まった。

「雨を弾くのには慣れておる。美しいレディのためとあらば、我も一肌脱ごうではないか」

「傘の付喪神さん……ありがとうございます！」

喜んだのも束の間、まだ不安要素があるようで、雫の顔はすぐに暗さを取り戻した。

「お恥ずかしい話、私は恋愛経験が乏しいものでして。告白の仕方などのアドバイスも貰えるとありがたいのですが……。実乃梨さんは彼氏がいたりですとか、そういった経験がおありですか？」

集の耳が、ピクリと反応する。

「え、えっと、うちはずっとあやかしに夢中だったけん、そういうこととは縁がなくて……すみません」

実乃梨の返答に、こっそり胸を撫で下ろす。スエノがこちらを見てニヤニヤしていたが、集は知らん顔を貫いた。

「では」と、雫は実乃梨から集に視線を移した。しかし、同じ質問をされることはなく、愛想笑いだけが送られる。確かにそういった経験はないが、訊くまでもなく決めつけられるのは結構グサリとくるものがあった。

それにしても、困ったな。告白のアドバイスができる人なんて、なかなかいるものではない。唯一そういった経験があるのはスエノだろうが、だんまりを決め込んでる辺りあまり自信がある分野ではないようだ。

「話は聞かせてもらったよ」

そこへ颯爽と登場したのは、先生だった。体から湯気が出ている様子を見る限り、裏通り側にいくつかある温泉のうちの一つを堪能した帰りのようだ。それにしても、みんなその台詞が好きだな。

「その告白、私も微力ながら協力しよう」

先生が先生と呼ばれる所以は、漫画家だから。恋愛漫画家ならアドバイスができるかもしれないが、先生の描いているものはジャンルが違っている。集は尋ねてみた。

「先生って、恋愛漫画とか描いたことあるんですか？」

「駆け出しの頃に少しね」

そういえば、『初恋きらり』という作風と合わないペンネームは恋愛漫画家として売り出される予定だった名残りだと前に聞いたことがあった。

「へー。どんなお話なんですか？」

「河童と天狗のラブストーリーだよ」

想像して絶句する。一方で、実乃梨は「後でタイトル教えてください！」と食いついていた。あやかしさえ登場していれば何でもいいのだろうか。

その風変わりなラブストーリーはともかく、先生には女性を虜にするルックスがある。いろいろと謎の多い人なので、数えきれない恋愛経験を積んでいるとしても不思議ではない。少なくとも、この中では一番恋愛との距離が近そうだった。

続々と集まる、雫の告白の協力者。その様子を傍観していた集だったが、自分がまだ名乗り出ていないことに気づくと、慌てて「俺も！　もちろん俺も手伝いますよ！」と輪の中に飛び込んだ。

あやかしのために頑張る集と、良き友人達——その光景を前に、スエノは一人ひっそりと頬を緩めていた。

◎

戸川酒店は、水木しげるロードができるより遥か前から商店街に店を構えている老舗だ。建物は開店当初の家屋を改修しながら使い続けており、フルリフォームされた和モダンな外観は新しいものだが、立派な太鼓梁や棟の鬼瓦など当時のままの部分もしっかりと残されている。

集は、そんな戸川酒店の前に立っていた。肩の定位置には公之介が乗り、土砂降りの雨は傘化けが防いでくれている。

「靖さん、店にいるといいんだけど」

酷い雨の中わざわざ足を運んだ理由は、雫の想い人に会うためだった。公之介が告白の練習台として靖になりきろうと、警察が目撃証言を元に犯人の似顔絵を作る要領で変化を繰り返し、少しずつ彼に寄せていこうとしていた。だが、雫の拘りが思いの外容赦ない。彼女が「まつ毛をもう一ミリ伸ばしてください」と指示したところで、公之介が音を上げてしまったのだ。

だから、こうして本人を直接見に来ることにした。酒屋へ行くことが決まった際、集は雫も一緒に靖を見に行かないかと誘ってみた。しかし、彼女はたとえ遠目にでも再会する覚悟がまだ決まっていないようで、赤面しながら丁重に断られてしまった。

店先の下屋(げや)の下に入り、傘化けを閉じる。綾詩荘を出たことで、傘化けはただのビニール傘に戻ってしまっていた。

傘化けを傘立てに挿し込もうとしたところで、ハッと思い留(とど)まる。傘立てには、他の客のものと思われる似たようなビニール傘が三本入っていた。取り違えられてしまっては困る。傘の水気を念入りに払うと、集は傘化けを持ったまま店内に入った。

中には、さまざまな種類の酒が美術工芸品のように陳列されている。観光地に建つ酒屋ということもあり、パッケージやボトルの形に妖怪(ようかい)を採用したものや、地ビールや地元酒造の酒など、土産物として特化した珍しい品が数多く並んでいた。

靖らしき男性は、レジのところにいた。二十代前半くらいの、精悍(せいかん)な顔つきの青年。途中で断念したとはいえ、おおよその雰囲気は雫の証言を元にした公之介の変化を通して見ていたので間違いない。雫が一目惚(ひとめぼ)れするのも頷(うなず)ける、なかなかの美形だった。

「俺が適当に何か買うから、その間に公之介はじっくり観察してくれ」

肩に乗る公之介に、小声で指示を出す。彼は「お任せあれ!」と答えて、二つのくりくりとした目玉で靖をジッと見つめ始めた。

集は未成年なので、アルコールは購入できない。店内を見て回った結果、鳥取県の特産品である二十世紀梨を使ったジュースを見つけたので、それを手に取りレジ待ちの列に並んだ。

「お待たせしました」

やがて順番が来て、靖が受け取ったジュースのバーコードを読み取る。公之介は言われた通り靖を観察しているようだが、ここで集はふと疑問に思う。

雫に声をかけたということは、靖の目にはあやかしである雫の姿が見えていたことになる。それは雨の日のおかげで雫の力が高まっていたからかもしれないが、靖の方に集や実乃梨のような強い霊感がある可能性も捨てきれない。ひょっとして、彼にも公之介の姿が見えていたりするのだろうか。

「……お客さん？」

靖の言葉で、集は我に返った。「すみません！」と慌てて財布を取り出すと、会計を済ませる。結局、靖の目が公之介に向けられることはなかった。

◎

綾詩荘の裏通り側には、広い中庭が設けられている。四方を屋根付きの濡れ縁で囲まれているその空間は、季節ごとに全く異なる景色を楽しむことができた。春は大きな桜の木を中心に辺り一面を芝桜が覆っていたが、梅雨以降は石囲いの池に睡蓮が浮かび、その周りに色とりどりの紫陽花が咲き誇っている。

靖があやかしを目撃できる霊感持ちでないということは、告白は綾詩荘の中で行う必要がありそうだ。雫的には初めて出会った酒屋の前で行いたかったようだが、綺麗な中庭を見せると「ここにしましょう！」と即答してもらうことができた。

そんな中庭に面した濡れ縁で、雫は今とても難しい表情を浮かべている。

「うーん……九十点といったところですね」

その点数は、本物の靖を観察して変化した公之介へ雫が下した辛めの評価だった。

「そんな!? 私の変化は完璧なはずですっ！」

「いいえ。靖さんはもう少し鼻が低くて、頬はスッキリしています。それに何より、左耳のホクロを忘れていますよ」

「ぐぬぬ……」

公之介的には百点の再現度だったようだが、ここまで細かく指摘されてはぐうの音も出ない。それでも何とか及第点は貰え、告白の練習相手として認めてもらうことはできた。

傘化けを使い相合傘をする形で、変化した公之介と雫が告白の舞台となる中庭に出る。集と実乃梨、先生の三人はその様子を濡れ縁から見守っていた。幸運なことに、降り続いていた土砂降りの雨はその勢いをずいぶんと和らげている。

「じゃあ、早速いってみましょう！」

実乃梨が、さながら映画監督のように手をパンと叩いた。それを引き金に、これは練習とはいえれっきとした告白だということを強く意識してしまったのか、靖のそっくりさんを前にする雫の顔は次第に赤みを帯びていく。

「やっ、靖さんっ！　あの、そのっ、初めて会った時からアナタに――」

そこから先の言葉は、突如として滝のように降り出した雨が瓦や地面を打つ音にかき消されて何も聞こえなかった。

「あばばばばばばば！　折れる！　骨が全部折れるぅ！」

経験したことのない豪雨に打たれて、傘化けは堪らず公之介の手から抜け出すと屋根の下に逃げ込んだ。強制的に滝行をする羽目になった公之介はあっという間に変化が解けてしまい、びしょ濡れのハムスターとなって水溜りの上にぷかりと浮かんだ。雫は「ごめんなさい！　ごめんなさい！」と、繰り返し謝っている。

「これは……先が思いやられるね」

ポツリと言葉を落とした先生が、困り顔で頭を掻く。集は苦笑いで頷いた。

◎

慌ただしかった休日が終わり、学校が始まる。集と実乃梨は、当然日中は民宿にいない。公之介も集に付き添い学校へ行っているので、その間の告白の練習には先生が付き合っていた。

しかし、先生には漫画家という仕事がある。雫の練習にばかり熱を入れていて大丈夫だろうかと気にはなっていたが、案の定大丈夫ではなかった。

「集君。ここのトーンお願い。公之介君はそこのベタ塗りね」

というわけで、民宿の仕事が終わり次第、アシスタントとして集と公之介が招集される。デジタル化が当たり前になりつつある現代でも、先生はアナログ原稿を貫いていた。

集と公之介がヘルプのアシスタントとして駆り出されるのは、今回が初めてではない。春にここへやって来てから、すでに三回目だ。そう思うと、告白の練習があってもなくても、結局はこうなっていたのかもしれない。

「何でいつもギリギリになってから頼むんですか!?」

「怒らないでくれよ。バイト代弾むからさ」

そう言われると、借金を背負う身としては弱い。集は文句を言う口を閉じて、指示された作業に入った。ちゃぶ台の向かい側では、人間体に変じた公之介が黙々とベタ塗りを熟(こな)している。

すると、そこへ傘化けが裏通り側のロビーからぴょんぴょんと飛び跳ねて戻ってきた。

「今日も我の旅の話に、あやかし達は大盛り上がりであったぞ」

「それはよかったですね、傘化け殿！」

「キミの話は面白いからね。私も原稿が終わったら、また聞かせてもらいに行くよ」

公之介と先生からの労いの言葉を、傘化けは「うむ」と上機嫌で受け止める。しかし、

「お疲れ、傘化け」

「……」

どういうわけか、集の言葉に対してだけはツンとした態度を見せていた。傘化けのこの反応は、今に始まったことではない。学校が始まって以降、ずっとこの調子なのだ。

いい加減どうにかしたいと、集はトーンを削る手を休めて傘化けに語りかける。

「あのさ、俺が何か気に障ることをしたなら謝るから、何をそんなに怒っているのか教えてくれないか？」

問われた傘化けは、やや渋った後にその大きな一つ目で集を睨みつけた。

「怒る理由など、決まっている。外は連日雨だというのに、集は我を外へ連れ出さないではないか！」

確かに、集は新たに買い直した別のビニール傘を使って登校していた。だが、それにはもちろん理由がある。

「そりゃあ、キミは連れていけないよ。取り違えられたらどうするんだ」

傘化けは付喪神として目覚めはしたが、あやかしの姿を維持するには綾詩荘や裏通りに漂う妖気のサポートが必要だ。現に、戸川酒店へ行った時にはただの傘に戻ってしまっていた。人の世界での傘化けは、単なる傘でしかない。次に取り違えた人がボロ傘としてその辺に捨ててしまう可能性は、決して低くはないだろう。

「それで集は酒屋へ行ったあの時、我を店内に持って入ったのか」

外では動いたり話したりなどはできないが、意識までなくなるわけではないらしい。

「ああ、そうだよ。間違って持って行かれたら、キミは綾詩荘に戻れない。付喪神化できなくなるんだぞ？」

「それでよい」傘化けは即答する。「集よ。我はまた、人の手を渡り歩く旅へ出たいのだ」

傘化けが旅好きなのは、よく理解しているつもりだ。集もロビーのあやかし達に交じって、傘化けの旅の話をいくつか聞かせてもらったことがある。名古屋（なごや）でのグルメ話は涎（よだれ）が出たし、京都での舞妓（まいこ）さん誘拐事件は手に汗握り、小豆島（しょうどしま）で暮らす家族のエピソードには不覚にも泣きそうになった。

だが、旅ならもう十分してきたはずだ。傘化けは骨も一本折れているし、ビニールに穴だって空いている。これまで廃棄されずに人の手を渡って来られたのは、ハッキリ言って奇跡だ。生き急ぐ必要はない。今後はここで、ゆっくりと過ごしてほしい。

「……傘化けの話は好評だ。ずっとここにいて、お客様に話を聞かせてやってくれよ」

「それは受け入れられぬ願いだ。新たな旅が、我を待っている」

強情な物言いに、集は少しムッとなる。

「言いたくはないけど、キミはボロ傘だ。道端で捨てられるのがオチだぞ」

「構わぬ。旅ができぬのなら、我が存在する意味はない」

集にはわからなかった。なぜ彼は、そこまでハッキリと断言できるのだろう。

付喪神が他のあやかしと異なるところは、やはり実体を持つ点だ。付喪神にとって実体が本来の用途を果たせない状態まで壊れることは、人間で言うところの死を意味すると考えていいはず。

集にも、漫画やゲームなど好きなものはいろいろある。しかし、命よりも優先したいものなど一つもない。だから、傘化けのその気持ちをどうしても汲み取ることができなかった。

「……ごめん、傘化け。やっぱり、俺はキミを外には連れていけないよ」

集の答えを聞いた傘化けは、黙って先生の部屋を後にした。室内には、重たい空気だけが残される。

「彼の気持ちが、理解できないかい？」

尋ねてきたのは、先生だった。少し考えたが、結論の変わらなかった集は頷く。

「傘化け君は、その気になれば実乃梨ちゃんやスエノちゃんに頼んで連れ出してもらうこともできる。それなのにキミに持ち出されることを望んでいるのは、今の持ち主は集君だと思っているからだよ」

先生に言われて、集は思い出す。傘化けが初めて付喪神化した時、とりあえずは自分が持ち主だと宣言したことを。

「だから彼は、集君の手を介して旅立つことを望んでいる」

「でも、せっかくこうして友達になれたのに。……それに、捨てられたり壊されたりするのを覚悟のうえで旅立つなんて、やっぱり間違ってますよ」

「何が正しいことなのかを決めるのは、当事者自身だ」

言われて脳裏に蘇(よみがえ)るのは、たたりもっけの陽太との一件だ。両親に会わせるのが最善の選択だと無闇に突っ走った結果、ああいった事態を招いてしまった。集が動いていなければ、陽太が座敷童子(わらし)になるという幸せな結果には結びつかなかったとも考えられるが。

「誰しもが、覚悟を持って自分の進むべき道を決める。集君の言う通り、その先に素晴らしい結果が待っているとは限らない。でも、それは傘化け君が選んだ道だ」

先生の言う通り、その意思を尊重するのが正解なのかもしれない。本当に傘化けのことを思っているのなら、旅立ちを見守るのが友情なのだろう。でも、道端に捨てられて錆(さ)びていく彼の姿を想像すると、辛(つら)くて悲しくてどうしようもないのだ。

だから集は、首を縦には振れない。

「……いつかキミにも、わかる日が来るといいね」

先生はそう話を締め括(くく)り、原稿作業へと戻っていった。

◎

暦が進み七月に入ると、毎日少しずつ続けていた雫の告白特訓の成果が表れ始めた。公之介が変化した靖相手に告白しても、雨脚が強まる時間は目に見えて短くなっている。

そして七月も一週間が過ぎた頃には、公之介相手であれば全く雨に変化を与えずに告白できるところまで成長していた。

「凄いです雫さん！　これならもう大丈夫ですよ！」

「ありがとう実乃梨さん。私も、おかげで自信がつきました」

手と手を合わせて、女子二人がキャッキャと喜んでいる。「公之介君も、お疲れ」と先生が労いの言葉をかけると、靖の姿は小さなハムスターへと戻った。

「いやはや、一生分の告白をされた気がします」

「それは羨ましい限りだな」

「むむっ、結構大変なのですぞ集殿！」

そんな笑顔の溢れる輪の中に——傘化けの姿はない。集が傘化けを雨の日でも外に持ち出さない状況はまだ続いており、もう長い間まともに言葉を交わしていない。それどころか、最近では民宿内でその姿を見かけることすらなくなっていた。

公之介や実乃梨曰く、間違いなく綾詩荘内にはいるらしい。だが、居場所は口止めされているそうだ。そこまで露骨に距離を取られると、集もムキになってしまう。

その後の話し合いで、雫の告白決行日は明日の土曜日に決まった。できれば傘化けにも恋の行く末を見守って欲しいが、果たして彼は応援に来てくれるだろうか。

◎

「あー、疲れた」

今日の仕事を終えた集は、ロビーのソファーの背もたれに身を預けるようにして座った。スエノに見られたら怒られるだろうが、悩みで頭がいっぱいな今はそんなことを気にする余裕がない。

遥か彼方にある天井から下がる宝石のようなランプを見つめながら、考えるのはやはり傘化けのことだった。

『いつかキミにも、わかる日が来るといいね』

先生にそう言われた日から、集は何度も傘化けの気持ちを理解しようと努めてきた。だが、未だに笑顔で彼を送り出す決心のできない自分がいる。傘化けのことを思ってではない。ただただ自分が悲しい思いをしたくないからという理由で引き留めているだけだ。傘化けが怒るのも当然だろう。

「……駄目だなぁ、俺は」

「お悩みですか?」

誰に言うでもなく吐露した言葉を拾われ、集は慌てて身を起こす。隣には、いつの間にか雫が腰かけていた。

「傘化けさんのことで悩んでいるんでしょう？　よければ、私に話してみてください」

「いや、でも……」

「告白の結果がどうであれ、私は近々ここを去ることになります。集さんや皆さんにはとてもお世話になりましたから、私も少しくらいは恩返しをさせていただきたいのです」

雫の柔らかな口調にそっと背中を押され——気がつけば、集は夢中で傘化けのことを雫に話していた。新たな旅へ出たがっていること。それには捨てられるリスクがつきものであること。雫は時折頷きながら、集の心のモヤモヤを全て受け止めてくれた。

「何で傘化けは、あそこまで旅に固執するんだろう……そうだ！　雫さんがここを出る時、傘化けを連れて行ってくれませんか？」

雫なら、傘化けが綾詩荘を出てただの傘に戻ったとしても、心があることを知っているから大事にしてくれるはずだ。妙案だと思ったが、彼女は静かに頭を横に振る。

「お忘れですか？　私は雨の日でも傘を差しません」

思えば、雫は綾詩荘へやって来た時もずぶ濡れだった。雨のあやかしである彼女にとって、雨は体の一部のようなもの。わざわざ傘を差す必要はないのだ。

「それに、傘化けさんが望んでいるのは人から人へと渡り歩いていく旅です。当然ですよね。傘化けさんは、人に使われるために生まれてきたのですから」

ぐうの音もでない正論だった。厄介事を客である雫に押し付けようとしたみたいになってしまい、自分が恥ずかしくなる。「すみませんでした」と詫びると、雫はクスリと笑いながら尋ねてきた。

「集さんは、私達あやかしが存在する理由ってご存じですか？」

「存在する理由……ですか？」

そんなこと、今まで考えたこともなかった。集が首を横に振ると、雫は勿体ぶることなく答えを教えてくれる。

「やりたいことがあるからですよ」

——それは、あまりにもシンプルで明快な理由だった。

人は、妙な言い方になるが生きるために生きている側面がある。集が面倒くさいと思いつつも毎朝学校へ行くのも、へとへとになりながら仕事に勤しむのも、生きるために必要だからという前提があってのこと。もちろん、それが全てではないが。

対して、あやかしはやりたいことがあるからという理由だけで存在している。それは例えば枕を裏返すことであり、人の背中におぶさることであり、こっそりリモコンを隠したりすることである。どんなにくだらないことでも、些細なことでも構わない。自分はこのために存在している。そう胸を張れるものがなければ、あやかしにとってそれは存在しないことと同義なのだそうだ。

それは——人も同じなのかもしれない。

「集さんにも、やりたいことがあるはずです」

やりたいこと。そう言われて一番に頭に浮かんだのは、この綾詩荘での仕事だった。

たたりもっけの一件での失敗以降、集は自分なりに頑張ってきたつもりだ。その成果も徐々に表れ始めて、人でもあやかしでも宿泊客に笑顔で帰ってもらえた時には、これまでの人生で感じたことのない充実感を得ることができた。

綾詩荘の仕事は続けたい。だが、他の何を差し置いてでもやりたいことなのかと問われると、まだ頷くことはできなかった。自分はまだ高校生で、この先いろいろなものを見て、さまざまなことを知り成長していく。もう子どもではないが、今の段階で将来を決めてしまえるほど大人でもない。

答えを返せない集を前に、雫は目を細める。

「今はまだ、答えられなくていいんですよ。大丈夫です。きっと、傘化けさんにも負けないくらいのやりたいことが集さんにも見つかりますよ」

出来の悪い弟を甘やかすように、雫は集の頭を撫でる。無性に恥ずかしくなり縮こまっていると、雫は「では、明日に備えてそろそろ寝ますね」とソファーから立ち上がった。

「雫さん」

呼び止めると、彼女はゆっくりと振り返る。

「明日の告白、頑張りましょう」

「はい。もちろんです！」

満面の笑みで応えた雫の背中を、集は静かに見送った。頭の中では、先ほど彼女から送られた言葉が何度も繰り返し響いていた。

◎

そして、翌日の土曜日。

集は、朝から一人で戸川酒店へと向かっていた。他の面々は雫の最後の特訓に付き合っており、集の役割は靖を綾詩荘へ連れて来ること。しかし、これが一番難しいミッションかもしれない。

羽島家を訪れた時も失敗したのだが、あやかしを知らない普通の人を綾詩荘へ呼び出すのは至難の業なのだ。単純に「うちへ泊まりに来てください」では無謀な飛び込み営業に過ぎず、足を運んでくれる可能性は限りなく低い。今回は公之介もついて来てくれていないので、集一人でどうにかしなければならない。

悩みながら歩いているうちに、目的地である戸川酒店に到着してしまった。一見古民家カフェと見間違うほど洒落（しゃれ）た店先に、タイミングよくビールケースを抱えた男性が出てくる。その人物は、一度酒屋のレジで出会った靖で間違いなかった。

結局、いい説得方法は見つかっていない。そもそも、考えたところで正解が出てくるものでもないのかもしれない。

当たって砕けろと、集は勢いに任せて靖へ「すみません！」と声をかけた。

濡れ縁に囲まれた綾詩荘自慢の中庭は、夜になると無数の蛍の光で紫陽花がライトアップされる。こちらに飛んできた柔らかに点滅する黄緑色の光を捕まえようと手を伸ばすも、触れることはできなかった。どうやら、実体がないようだ。

　　　◎

仕事終わりに一人濡れ縁に座りぼんやりと庭を眺めていると、青く光る蝶が一匹ひらひらと飛んできて集の頭の上で羽を休めた。この不思議な蝶とは、実乃梨が綾詩荘の迷宮に閉じ込められていた時に一度会ったことがある。蛍とは違い、こちらには実体があるようだった。

「前にも出会ったことがあるよな。キミは何ていうあやかしなんだ？」

尋ねてみたが、蝶は何も答えず飛んでいってしまう。それと入れ違う形で足音もなく現れたのは、スエノだった。

「何を一人で黄昏れとるだや、集」

「……別に、何でもない」

「たたりもっけの時の教訓をもう忘れただか？　お客様のことでアタシに隠し事したら、今度は正座に加えて石も抱かせる約束だで」

そうだったと、集は渋い顔をする。しかし、それが脅しではなくスエノなりの気遣いであることはもちろん伝わっていた。お膳立てもしてもらえたので、吐き出させてもらうことにする。どのみち、一人ではこの問題の解決策など見えてきそうにないのだから。

「……今日、雫さんの想い人の靖さんを呼び出すために戸川酒店まで行ってきたんだ」

「それは知っとる」

「で、靖さんにはすぐ会えたんだよ。でも、話してみると……人違いだった」

「どういう意味だや？」

スエノが眉間に皺を寄せる。集は、短く息を吸い込んだ。

「その人は、靖さんの孫の尚樹さんだった。靖さんは……五年前に七十五歳で他界してたんだよ」

靖そっくりに変化した公之介に雫が九十点という点数をつけたのは、彼女が辛口だったわけではない。公之介が真似ていたのは、孫だったのだ。似てはいても別人なのだから、公之介がいくら頑張っても靖と全く同じ見た目になれるはずがない。

雫は言っていた。靖と出会ったのは少し前であり、それ以来自身のコンプレックスである雨を降らせてしまう力を抑えられるかもしれない手形傘を探していたと。捜索期間は長くても精々一年くらいだろうと、集は何の疑問も抱かずに受け止めてしまっていた。

彼女の言う〝少し前〟が約六十年も前だとは、夢にも思っていなかった。

「人とあやかしの時間の感覚って、全然違うんだな」

呟く集の隣に、スエノがそっと腰を下ろす。数匹の蛍が、その周りに集まってきた。

幻想的な光を見つめながら、スエノは閉じていた唇をゆっくりと開く。

「時間の流れなんぞ、人間同士でも違うもんだわい。年を取るにしたがって、一年や十年なんてあっという間に流れていくように感じるもんだで。まだ高校生のお前さんにゃ、わからんかもしれんけどね」

「それでも、六十年なんて……ほぼ人間の一生分の歳月じゃないか。それを少し前と言われてしまったら、あまりにも感覚が違うんだなって……。人とあやかしの間には、やっぱり大きな隔たりがあるんじゃないかと思ってしまうんだ」

「アホだねぇ、集」

笑ったスエノを、集は睨みつけた。

「何だよ！　人が真剣に悩んでんのに！」

「そげなもん、悩んだって答えなんぞ出りゃせん。大事なのは、時間の感覚の違いじゃない。圧倒的な差がある人とあやかしとの時間が、今この時だけは確かに交わっとる。それが大事なことなんだで」

スエノの瞳には、困惑する集の顔が映し出されている。

「一秒だろうが六十年だろうが、過ぎた時間は全て過去。お前さんがやるべきことは、悠久の時を生きるあやかしのお客様の膨大な記憶の中に爪痕を残すこと。綾詩荘に泊まった時のことをふと思い出し、あの時は楽しかったなと感じてもらえるようなおもてなしをすること。そげすれば、きっとまた来てもらえる。未来に繋げることができる。もっとも、その時にアタシがまだいるとは限らんけどね」

下手すれば自分より長生きしそうなくせに何を言っているのかと、不覚にも少し笑ってしまった。

「……そうだな。ばあちゃんの言う通りだよ」

「ずいぶんと素直だがね」

「俺だって、少しは成長してるんだ」

「そげなこと、わかっとるわ。アタシの自慢の孫だけんね」

どうにもスエノには、前触れなく突然褒めてくる節がある。心の準備ができていなかった集は、「何だよいきなり。気持ち悪いな」とそっぽを向いた。そんな孫を見て「ヒヤッヒヤッヒヤッ！」と妖怪のように笑うと、スエノは濡れ縁から立ち上がる。

「それじゃあ、アタシは仕事に戻るけんね」

「え？　待ってくれよ、ばあちゃん！　雫さんの告白をどうすればいいのか、一緒に考えてくれるんじゃないのか!?」

「アタシは忙しいけんね。協力すると言ったのはお前さん自身だぁが？　自ら首を突っ込んだ以上、最後まで責任持つだわい」

「そんな……」

弱々しい声を落とすと、スエノは軽い溜息をつきながら頭を掻く。

「アタシは何も、集に一人で考えろと言っとるわけじゃないだで。お前さんにはもう、相談できる友がおる。力を貸してくれる仲間がおる」

――そうだ。そもそも、告白への協力は集一人で決めたわけではない。公之介と実乃梨、先生と傘化け、みんなで決めたことだ。

他人とかかわらない生活が長すぎたせいで、集には悩みを一人で抱え込んでしまう癖がある。普通の人には理解できない自分の悩みは、打ち明けたところで意味がない。ずっと、そう思って生きてきた。

でも、今は違う。

さまざまな姿に化けてサポートしてくれる、自称ダンディなハムスターがいる。自分と同じようにあやかしを目視できる、妖怪オタクな一つ上の先輩がいる。普段は少しだらしがないが、常に自分を気遣ってくれる漫画家の先生がいる。一本軸の通った主張を決して曲げない、少し生意気な口調の傘がいる。

みんなに相談していいのだ。当たり前のことにようやく気づいた集は「ありがとな、ばあちゃん！」と礼を言い、濡れ縁を駆け戻る。

「……頑張りないよ、集」

孫へエールを送るスエノの肩に、近くを舞っていた青い蝶がそっと止まる。その淡い光が照らし出すスエノの表情は――どことなく寂しそうだった。

スエノに背を押された集は、すぐに公之介と先生に事情を話し、実乃梨にも電話で今日の告白を中止せざるをえなかった真実を伝えた。傘化けとも話をしたかったが、彼が今民宿内のどこに潜んでいるのか集にはわからなかった。

◎

翌日。三人と一匹で集まり、どうすれば雫にとって最もいい恋の終着を迎えられるのかを話し合う。

「いずれにしても、その靖さんにそっくりなお孫さんの協力は仰ぎたいね」

先生の意見に同意して、集と実乃梨の二人が代表して戸川酒店へと向かうことになった。表通りに出ると、貴重な梅雨の晴れ間が顔を覗かせている。

店は同じ水木しげるロード内にあるので、歩いて五分もかからない。到着した店先には、社用車の荷台から商品を降ろしている尚樹の姿があった。

雫が公之介の変じた姿を九十点の靖だと評価していることから考えれば、尚樹と雫が出会った当時の靖とは、ほぼ瓜二つな容姿をしていると言ってもいいだろう。それだけ似ているのだから、どうにか頼んで彼に靖のふりをしてもらうという作戦も集の頭を過った。しかし、それは雫の気持ちに対して不誠実だろうと思い留まる。

相手が他界している以上、雫の恋は残念ながらもう実ることはない。自分達のやるべきことは、雫の気持ちに決着をつけさせることだ。その方法を探るためにも、尚樹の協力は必要不可欠である。

意を決した集が「あの」と声をかけると、尚樹は「ああ、昨日の」と作業の手を止めてくれた。

「少しお話ししたいことがあるんですが、いいですか？」

「それなら、これを降ろしたら休憩だから、そこの喫茶店で待っていてくれるかな」

尚樹が指さす先にあるのは、鳥取県内でのみ展開している喫茶店の『すなば珈琲（コーヒー）』。かつてスターバックスがまだ鳥取県に進出していなかった頃、知事が口にした『スタバはないけど、日本一のスナバ（鳥取砂丘）はあるよ』というギャグに地元企業が乗っかる形で生まれたという、異色の誕生秘話を持つカフェだ。

言われた通りに店内へ入り、集はブレンドコーヒー、実乃梨は抹茶ラテを頼む。それを飲みながら十分ほど待っていると、約束通り尚樹がやって来てくれた。

「お待たせ。あ、俺はいつものでお願いします」

店から近いだけあって常連らしく、尚樹は髭（ひげ）を蓄えた店長らしき男性にそう注文する。『いつもの』で通用する行きつけの店があるだけで尚樹が妙に大人っぽく感じたが、運ばれてきたものが緑色の炭酸の上にアイスの載ったクリームソーダだったため、いろいろと台無しだった。

「それで、俺に何の用かな？」

ストローでソーダを一口啜ると、尚樹はそう尋ねてくる。どう話を切り出すかは事前に相談していたが、結局ありのままの真実を伝えようということで纏まっていた。もちろん、あやかし事情は隠す形で。集はコーヒーと睨めっこしていた顔を上げる。

「俺達は、綾詩荘の関係者です。今のアナタくらいの年頃の時の靖さんを見て一目惚れをしたという女性が、今うちに泊まっているんです」

「へえ、うちの祖父さんにね……。ということは、その方は八十歳くらい？」

実際の雫の年齢は、もっとずっと上だろう。女性に年齢を訊くのは失礼なので、この先も知ることはないのだろうけど。年齢に関する質問は、愛想笑いでどうにか誤魔化す。

「その人、靖さんにずっと告白をしたかったそうなんですよ。でも、靖さんはもう亡くなっていると昨日教えてもらいました。だから、代わりに尚樹さんに綾詩荘へ来てもらいたいんです」

「まあ、確かに俺は若い頃の祖父さんにそっくりだってよく言われるけど」

ポリポリと頬を掻く尚樹に、集は懇願する。

「どうか、お願いします！」

「うちからも、お願いしますっ！」

実乃梨も、集に倣って頭を下げた。尚樹はクリームソーダのアイスをスプーンで掬いながら、大して悩むこともなく「構わないよ」と承諾してくれた。

「……え、いいんですか⁉」

「もちろん。祖父さんはちょっと変わり者だったから、あの人に惚れたうちの祖母さん以外の女性がどんな人なのか、俺も興味あるし」

あっさりと快諾を得られ、集と実乃梨は顔を見合わせて喜んだ。あやかし事情に関しては上手く避けて説明したが、その辺りは綾詩荘の中へ招いてさえしまえば嫌でも信じてもらえるだろう。

◎

午後六時頃に来てもらうという約束を尚樹と交わして、集と実乃梨は綾詩荘に戻った。呼び出しに成功したことを伝えると、雫は喜び半分不安半分で「どうしましょう！」とそわそわしている。

やって来るのが孫の尚樹だということは、伝えていない。真実は、尚樹と会った時に知るべきだ。告白をするかしないかも、そこで何を話すかも、後は雫次第。

散々悩んだ割に投げっぱなしな案になってしまった気もするが、結局は自分達にできることなどこれくらいのものだ。気持ちの整理をつけられるかどうかは、雫本人に委ねるしかないのだから。

告白の舞台は、綾詩荘自慢の中庭だ。広範囲に咲き誇る紫陽花達は久々に顔を覗かせた太陽の光を全身に浴びており、雨の日よりもずっと彩度が高く鮮やかになったように思える。告白の舞台としては、申し分ない。

時刻は現在、午後の四時。今度こそ最後の特訓だと、実乃梨と公之介、そして先生は雫と中庭へ出た。それを横目に、集は一人ロビーへと向かう。

ロビーでは、久々に晴れたこともあり昨日までよりも多くのあやかし達が足を運んでくれていた。目を凝らして混雑している待合スペースを見回してみるが、傘化けの姿は見当たらない。

「すみません！　お客様の中で、傘化けを見た方はいませんか？」

今は時間が惜しい。声を張り上げて尋ねると、鬼の面を被った体の大きいあやかしが手を挙げた。

「それなら今し方、大浴場近くの広間で見たぞ」

「本当ですか！　ありがとうございます！」

親切な客に礼を述べて、集は教えてもらった場所へと駆け出した。裏通り側の綾詩荘は相変わらず迷路のように入り組んでいるうえに、客によってほぼ毎日間取りを変えている。そんなヘンテコな民宿内の移動にも、もう大分慣れてきた。

間取りは変わっても、注意深く見れば目的地への目印だけは変わっていない。それは柱の傷だったり、花瓶だったり、天井の蜘蛛の巣だったりとさまざまだ。

大浴場への目印である割れた壁掛けの鏡を右に曲がったところで、急ブレーキをかける。大浴場の隣の広間の襖には『傘化け独演会会場』と書かれた貼り紙がしてあった。

「まさか……」

そっと中を覗くと案の定で、宿泊客に囲まれながら傘化けが気持ちよさそうに旅の話を披露していた。全く姿を見ないと思ったら、こんなところで勝手にイベントを開催していたのか。

「傘化け！」

声をかけると、傘化けは語りを止めて気まずそうに集へ目をやった。そして客に「続きはまた後日」と伝えると、そそくさとその場を去ろうとする。

「待ってくれ傘化け！　雫さんが、これから告白するんだ。だから、一緒に来てくれ！」

見守りたい気持ちはあるのだろう。傘化けは足のように扱っている柄の部分をピタリと止めたが、それでも頷（うなず）いてはくれなかった。

「……ごめんよ。俺は、自分が寂しいからって理由だけでキミをここに引き留めていた。雫さんから教えられたんだ。あやかしの存在理由は、やりたいことがあるからだって。人と旅することは、傘化けが他の何を差し置いてもやりたいことなんだよな。俺は、自分勝手な考えでキミの存在理由を奪っていたんだよな。本当に、ごめん」

集の言葉に、傘化けはようやくこちらを振り向いてくれた。

「……我を外へ連れ出さないのが集の優しさだということは気づいていた。しかしながら、我は傘だ。人に連れ出されるために生まれてきたのだ。その時の持ち主とさまざまな景色を見ることこそが、我の生きる意味。そのためならば、たとえ道端で朽ち果てる運命になろうとも悔いはない」

「ああ……やっぱり寂しいけど、俺はもうキミの生き方を否定しない。次の雨の日からは、キミを差して外出するって約束するよ。……俺はキミの、友達だから」

傘化けの大きな一つ目が僅かに潤んだように見えたのは、集の気のせいだろうか。

「……ならば、我らが仲違いする理由は最早あるまい。我にできることならば、何でも協力しよう」

そうして、喧嘩はようやく終わりを迎えた。長い間友達のいなかった集にとっては初めての喧嘩で、初めての仲直り。くすぐったいような気持ちを胸に抱えながら、集は傘化けとともに中庭へと向かった。

◎

まだ日の高い午後六時。約束の時間ピッタリに、尚樹は綾詩荘にやって来た。集は改めて礼を言い、宿泊者名簿に名前を書いてもらう。宿泊するわけではないにもかかわらず書いてもらったのは、名前を記入することが裏通り側への通行許可となっているからだ。

集は尚樹を先導して、金属製の扉を通る。その先にあるどう考えても辻褄の合わない広さを誇るロビーへ出ると、尚樹は目を丸くしていた。

「おお……凄い」

思い思いの時間を過ごしているあやかし達を見て、尚樹は呆気に取られながら控えめな感想を漏らす。正直、集が予想していたよりも大分薄いリアクションだった。

綾詩荘の裏通り側へ来た人は、あやかしを目撃すると大抵は悲鳴に近い声を上げる。中には泣き出す者もいて、人を招く際には毎回てんやわんやとなるのが当たり前だった。それなのに、尚樹はどこか納得したような表情すら浮かべている。

「綾詩荘は、あやかしも泊まれる宿なんです。手続きを踏めばこうして誰でもあやかしを見ることができるようになるんですが……尚樹さんは、あまり驚かないんですね」

「いや、これでも結構驚いているんだよ？　思考が追いついていないだけで」

尚樹は美術館で有名な絵画でも鑑賞するかのようにあやかし達をじっくり見回すと、やがて口角を上げた。

「俺の祖父さん、変わり者だったたって言っただろ？　それは、たまに変なものが見えるって言ってたからなんだ。俺もいろいろと変な話を聞かされたけれど……あれは、嘘じゃなかったんだな」

靖には雫の姿が見えたのだから、もしや霊感があったのではと集も思っていた。

「靖さんには、あやかしが見えていたんですね」

「そうらしいね。……俺さ、祖父さんの話でやけに印象に残ってるのがあるんだよ」

前置きして尚樹が語り出した靖のエピソードは――思ってもいない大きな収穫だった。

「尚樹さん！　これから会う人にも、ぜひその話をしてあげてください！」

「それって、祖父さんに告白したかったって人？　そういえば、一体どこにいるんだ？」

「こっちです。ついて来てください」

　そうして、集は尚樹を雫の下へと案内した。

　四方を濡れ縁に囲まれた、広い中庭。睡蓮の浮かぶ池のすぐそばには、白いワンピースに身を包んだ長い黒髪の美しい女性が瞳を閉じて佇んでいる。数多の紫陽花が彩りを添え、それはとても絵になる光景だった。

「あの人？」と、尚樹は意外な顔をした。それはそうだろう。若い頃の靖に惚れていたと説明したのだから、相手はおばあさんだと考えるのが普通だ。

「すみません、尚樹さん。靖さんに惚れていたのは、人ではないんです。名前は、雫さんといいます」

「雫さん……俺にはどう見ても綺麗な女性にしか見えないけど、彼女はキミの言う〝あやかし〟って存在なんだな」

　自身の置かれている状況を徐々に飲み込んでいるのか、尚樹は雫を遠目に見つめている。そして、

「——ああ、そういうことか」

　尚樹の中で、何かが嚙み合ったようだった。先ほど話したエピソードを伝えてくれと言った集の意図も汲み取り親指を立てると、一人で中庭へ出る。

イベントの匂いを嗅ぎつけた宿泊中のあやかし達が、四方の濡れ縁にわらわらと集まってきた。みんな一様に黙って、静かに雨女の恋の行く末を見守ってくれている。その中にはもちろん実乃梨と公之介、先生とスエノの姿もあった。

集の隣に、傘化けがふわりと舞い降りる。「いよいよだな」と声をかけてくる彼に、集は小声である頼みごとをした。傘化けは二つ返事で了承し、これから始まる告白の時を待つ。

「こんにちは」

距離を詰めた尚樹が、雫に挨拶した。彼女はずっと閉じていた瞼を開けて、その吸い込まれそうな瞳で待ち人の姿を捉える。二、三秒の沈黙ののち――柔らかな笑みを見せた。

「靖さん。今日はお忙しいところ、足を運んでいただきありがとうございます。私には、どうしてもアナタに伝えたいことがあるんです」

雫は自身の胸に手を当てて、雨を降らさないよう心を落ち着けた。そして、六十年間溜め込んだ想いの全てをぶつける。

「私を傘の下に招いてくれたあの日から、ずっとアナタをお慕いしておりました。……愛しています、靖さん」

今のところ、晴れた空から雨の降り出す気配はない。特訓の成果は、確かに実を結んだようだった。

「ありがとう、雫さん。でも、すみません。俺は靖じゃないんです。靖は俺の祖父さんですが、五年前に亡くなっていまして……。俺は、孫の尚樹といいます」

尚樹の口から、残酷な事実が告げられる。――だが、雫はそれでも微笑んでいた。

「……はい。一目見た時から、あの人ではないと気づいていました」

どうやら、顔を合わせた時点でわかっていたらしい。それでも、告白は決行した。それはここまで協力してくれたみんなのためでもあり、悩みながらも孫を連れて来たその気遣いに報いるためでもあり、何よりも自分の気持ちに区切りをつけるためなのだろう。

「私がコンプレックスに悩んでうじうじしている間に、そんなにも時間が経っていたのですか……。あやかしは、時間に無頓着(むとんちゃく)でいけませんね。お恥ずかしい限りです」

俯(うつむ)きながら言葉を落とした雫は、どうにか笑顔を貼り付けて尚樹に尋ねる。

「靖さんの生涯は、幸せなものでしたか？」

「ええ。五人の子と、八人の孫に恵まれて、幸せだったと思います」

「それは何よりです。……今日は本当に、ありがとうございました」

深々と頭を下げて、雫は尚樹に背を向けた。

目的は達せられた。これでお終(しま)い。これ以上は、どうしようもない。――だが、足りない。雫の想いは、もう少しくらい報われてもいいはずだ。

だから集は、尚樹に頼んでいた。集の意図をしっかりと受け取ってくれていた尚樹は、去ろうとする雫を「待ってください」と呼び止める。振り返る彼女はもう作り笑いを浮かべることも困難なようで、その表情は暗く濁っていた。

尚樹は、残念ながら雫の想い人の靖ではない。——でも、尚樹だからこそ伝えられることがある。

「俺、前に祖父さんから雫さんのことを聞いたことがあるんです」

意外な言葉に、雫は目を見開いた。

「……靖さんに？」

「はい。祖父さんは、たまに普通は見えないものが見える時があると言っていました。それがあやかしだったことは、ついさっき知ったんですけどね。あの人は、俺によく自分が見たあやかしの話をしてくれました。……雫さん、アナタと出会った時のことも」

雫は、予想だにしていなかった話に瞬きすら忘れて聞き入っている。

「その話をする時は、必ず最初に『祖母さんには内緒だぞ』って前置きしてから話し始めるんです。内容は、二十歳過ぎくらいの時にずぶ濡れで店先に立っていた女性を傘に入れたことがあるっていう話。人通りの多い中で雨に降られているのに誰も気に留める様子がなかったから、その人が人ではないことは気づいていたんだそうです。でも、声をかけずにはいられなかった。雨に打たれるその女性が、あまりにも綺麗だったからって」

信じられないというように自身の口を両手で覆い、雫は目尻に涙を滲ませる。

たった一度きりの出会いを、靖は覚えていてくれたのだ。それも、孫に何度も語ることができるほど鮮明に。

六十年の恋心は、決して無駄ではなかった。もちろん、大手を振って喜べる結末ではないだろう。それでも、愛しい人の孫を介して靖の口から『綺麗』という言葉を聞くことができたのだ。

満たされた雫の心は大きく揺れ動き、感情の変化に伴い灰色の雨雲が空を覆い始める。特訓は頑張ったが、さすがにもう無理だ。そんなにも嬉しくて、悲しくて、複雑な感情なんて制御できるはずがない。

ぽつりぽつりと、雫の目から流れ落ちる涙に呼応するように天も泣き出した。空を見上げる尚樹の足に、何かがコツンと当たる。いつの間にか、そこには骨の一本折れたビニール傘が転がっていた。

特訓はしたが、尚樹がこの話をすれば雫は雨を降らせてしまうだろうと集は考えていた。だから告白開始の前に、傘化けに雨が降った際には速やかに尚樹の下へ向かってほしいと頼んでおいたのだ。

尚樹は、傘を差して雫を中へ招き入れる。

「風邪を引きますよ」

その一言は、偶然にも靖と出会ったあの日にかけられた言葉と同じものだった。

雫が泣き止むまで、雨は止まない。あの日と同じ傘の下では、しばらくの間二人だけの時間が流れていた。

◎

「お世話になりました」

翌朝の綾詩荘。裏通り側の玄関にて、朝早く見送りのために集まったみんなに雫は深々と頭を下げた。空は、再び梅雨らしさを取り戻している。雨女が旅立つには、いい日和なのかもしれない。

「これから、どうするんですか？」

集が尋ねると、雫は考え込むように雲のかかった天を見上げる。

「んー……わかりません。また、やりたいことを見つけますよ」

「俺も……頑張って探してみます」

雫は、やりたいことはまだわからなくてもいいと言ってくれた。それでも、見つける努力はしていきたい。集の言葉を聞いた雫は、満足そうな笑みを浮かべる。

「では、競争ですね！　次に来る時は、集さんが見つけた心の底からやりたいことを教えてください。それでは、また」

背を向けた雫の手には、裏通り商店街の傘屋で購入した朱色の番傘が握られていた。

雫は雨女。雨のあやかし。だから、雨の日も傘を差すことはない。なのに今、雫は雨空の下で傘をくるくると弄(もてあそ)んでいる。

ずぶ濡れの自分を傘の中に迎え入れてくれる彼は、もういない。傘を差すという行動は、雫が恋と決別したことの表れなのだろう。

もしかすると、雫がずっと傘を使わなかった理由には雨女であることの他に、濡れながら歩いていればいつかどこかでまた靖が傘に入れてくれるかもという淡い期待も含まれていたのかもしれない。

番傘を翻し、雨女は雨を引き連れ去っていく。雲の切れ間から光が差し込むと、裏通りの空には大きな虹が架かった。

◎

それから、一週間が経過した。梅雨は最後の力で小雨を降らせ続けていたが、ニュース番組によると来週には梅雨明けが発表される見込みらしい。

集は約束通り、この一週間のうちで傘が必要な日は必ず傘化けを手に外へ出ていた。そして彼の希望通り、学校だろうがコンビニだろうが中に持って入るようなことはせず、傘立てにきちんと挿している。

今日も学校からの帰宅時、傘立てに傘化けが残っていることに集はホッと胸を撫で下ろした。

「さあ、帰ろうか」

民宿の外なので喋ることのできない彼を差し、雨空の下に出る。スエノから買い出しを頼まれていたので、まっすぐ綾詩荘には帰らず道中にあるスーパーに立ち寄った。

「すぐ戻るから」

傘立てに傘化けを挿し、何気なく伝えたその言葉が――まさか、最後の挨拶になるなんて。

「……ない」

エコバッグを提げて店を出てすぐに、傘立てに見慣れたボロ傘がないことに気づいた。自分が傘化けを挿した場所の隣に似たようなビニール傘があるので、おそらく誰かが取り違えたのだろう。

慌てて周囲を見回すと、横断歩道の向こう側に骨が一本折れたビニール傘を差している人を見つけた。傘化けで間違いない。歩行者用信号は青なので、走れば追いつけるだろう。

――だが、動くことができなかった。

これこそが、傘化けの望み。彼が、命を賭けてでもやりたいこと。本心を言えば、今すぐに取り返したい。民宿に連れ帰って、いつものように話をしたい。でも、友達を応援すると決めたのだ。

どうすることもできないまま立ち尽くしているうちに、信号は赤に変わる。おそらく、もう追いつくことは叶わないだろう。

「……さようなら、傘化け」

届くことのない別れの言葉は、雨音に溶け込み消えていく。置いていかれた方の傘を貰う気にはとてもなれなかったので、集は小雨の中を一人濡れながら歩き始めた。

いつの日かまたどこかで傘化けと巡り合えたのなら、その時はまたぜひ旅の話を聞かせてもらおう。

友達の新たな旅が、どうか素晴らしいものになりますように。

四話　いつか大きな止まり木に

　その日の水木しげるロードは、活気に溢(あふ)れていた。

　商店街の至る所で屋台が組まれており、脚立(きゃたつ)を担ぐ人達がアーケードの屋根に提灯(ちょうちん)を飾る作業に追われている。それもそのはず。明日は、境港市で最も大きな夏祭りである『みなと祭』が開催されるのだ。

　みなと祭の歴史は古く、一九四六年より絶やすことなく現在まで続けられている。祭りは大港(おおみなと)神社にて行われる大漁祈願祭で始まり、その後境港市と島根県の美保関町(みほのせきちょう)の間を通る境水道で、大漁旗を掲げた数多くの漁船による海上パレードが行われる。他にも外部ゲストを呼んだイベントや前夜祭のジャズフェスティバル、みこしパレードに大漁太鼓など豊富な催しが開かれるが、外せないのはやはり真夏の夜空へ打ち上がる花火だろう。

　表通りの熱気に当てられたからなのか、毎年同日には裏通りでも『裏みなと祭』が開催される。あやかし達は、何日か前からすっかり浮かれ調子だった。

　集にとっては、表も裏も参加するのは初めてのことだ。当日は、実乃梨と公之介と一緒に縁日を回る約束をしている。先生は昨日から漫画の取材で外出しているが、祭りの夜までに帰って来られたのならもちろん誘うつもりでいる。

明日が楽しみ過ぎて、表通り側の玄関を掃く箒の動きもついついリズミカルになる。七月下旬の焼けつくような太陽の日差しも、全く苦に思わなかった。

「おはよう、集君」

声をかけられて顔を向けると、見覚えのある人物がこちらに笑顔を向けていた。

「安藤さん。おはようございます」

安藤は、水木しげるロードで土産物屋を経営している男性だ。髭はフサフサなのに頭はツルツルなので、集は何となくサンタクロースのような印象を抱いている。

「スエノさん、いるかな？」

問われて、集は視線を泳がせた。

「ああ、えっと……祖母は外出中でして」

本当は裏通り側にいるのだが、スエノからは自分が裏通り側にいる時に誰かが訪ねて来ても留守だと伝えるように言われている。安藤に嘘をつき追い返すような形になってしまうのは、すでに一度や二度ではない。

「また留守か。春先からずっと姿を見ていない気がするんだが、元気にしているのかい？」

「それはもう。元気過ぎて、困るくらいです」

だからこそスエノは裏通り側でせっせと働き過ぎて、表通り側にほとんどいないから会えない日が続いてしまっているのだ。もちろん、そんなことは説明できないが。

「結局、スエノさんには会えず終いか。祭りのこと、いろいろと相談したかったんだが」

そういった目的でスエノを訪ねる商店街の人は、安藤以外にも結構な数がいた。どうやら、スエノは商店街のご意見番的立ち位置に収まっているらしい。意地悪せずに、話くらい聞いてあげればいいのに。助けを求めてきた人達をその都度追い返しているこちらの気持ちも考えてほしい。

「また来るよ」と力なく言い残し、安藤は自分の店に戻っていった。嘘をついた罪悪感で淀んだ気持ちを抱えながら掃除を再開したところ、続けて声をかけられる。

「おい、ババアはいるか？」

安藤とは打って変わり、ずいぶんと棘のある物言いだった。集が振り返ると、そこには背の高い痩せ型の中年男性が立っている。身なりは整っているが、髭は剃り残しが目立ち、白髪交じりの髪は所々跳ねている。彼は鷹のような目つきで集を見下ろすと、

「ババアはいるかと訊いているんだ」と質問を繰り返した。

横柄な態度にイラッとしたので、突っ撥ねるように「祖母は外出中です」と返答する。すると、男は顎を擦りながら興味深そうに集の顔を覗き込んできた。まずい。怒らせただろうか。

「なっ、何ですか？」

「お前……ひょっとして、集か？」

名前を知っていることに驚きつつも頷くと、男は「なるほど。ババアに呼び戻されたわけか」と顔を顰めた。

「俺は夜守章次。お前の親父の弟だ」

つまり、この態度の悪い男はスエノの息子であり、集の叔父に当たる人物。言われてみれば、目元が少しスエノに似ているような気がした。

「もしかして、お前もあやかしとかいうのを信じるタチか？」

ぶっきらぼうに問われた時、前に一度スエノが『お前さんの叔父さんなんて、霊感が全くのゼロだった』と話していたことを思い出す。おそらく、その叔父こそが章次なのだろう。

綾詩荘の宿泊客があやかしと触れ合えるようになるのは、人なら多少は持っている些細な霊感をそんつる様が一時的に高めてくれるから。しかし、元の霊感が全くゼロの人間にその力は通用しない。

つまるところ――章次の目にあやかしが映ることは、あり得ないのだ。

「……信じてますよ。俺は見える側なんで」

率直に答えると、章次は「そうかよ」と嫌味の籠った笑みを浮かべていた。

「それで、ばあちゃんに何の用ですか？」

「くたばってないか確認しに来ただけだ。商店街の奴らが、最近顔を見てないと言っていたのを聞いたもんでな」

「心配してくれたんですね」

口は悪いが、心まで悪い人ではないのかもしれない。集がそう感じたのも束の間、章次は「はぁ？」と苛立ちを示す。

「誰が心配なんてするか。ババアが死ねば、ここの土地も民宿も俺に相続されるから見張ってるだけだ。水木しげるロードの一等地に、こんなボロ宿が陣取ってるなんて勿体ない話だろ？　更地にして売り払えば、いい金になるだろうよ」

章次の悪意に当てられて、集は心臓が凍りつくような感覚に襲われた。あやかしを受け入れられないのはわかるが、いくらなんでもそんな言い方はないだろう。箒を握る手に、思わず力が入る。

「そんなこと、絶対にやめてください！　ここは人とあやかしとの懸け橋になれる、唯一無二の場所なんです！」

「すっかりババアに毒されちまってるな、集。目を覚ませ。あやかしなんて、いるわけがないだろう？」

諭すように言ってくるが、そんなことはない。あやかしは、間違いなく存在するのだ。だが、霊感がゼロの章次相手に、それを証明する手立てはない。章次のあやかしに対する考えがここまで否定的なのは、スエノの知識や力を以てしてもどうすることもできなかったからこそなのだろう。

「今更お前を呼び戻したのだって、都合よく跡継ぎにしたいからに決まってる。ババアの言いなりになるな」

「言いなりになんて、なってません！　俺は一人の人間として」

「そう、お前は人間だ。だからこそ、あやかしなんてものに人生を捧げる必要はない」

先ほどまでの不誠実な態度から一変、章次は進路指導を行う教師のような口調で語りかけてくる。もしかすると、叔父なりに本気で甥っ子である集の将来を心配してくれているのかもしれない。

大多数の人からすれば、章次の言い分の方が正しいのだろう。日常生活であやかしと触れ合う機会など、一部の強い霊感持ちを除けばほぼゼロなのだから。人は人の世で、人の役に立つ仕事をするのが当然のこと。あやかしがどうこう言っている方がおかしく思われるのは、仕方のないことなのかもしれない。

「一度よく考えてみろ。じゃあな」

そう言い残して、章次は集に背を向ける。だが、一歩目を踏み出す前に振り返り、こう尋ねてきた。

「……お前、民宿の中で赤べこを見たことはあるか？」

「赤べこ？」

「福島県の民芸品だよ。赤く塗られた張子の牛で、首が揺れる置物」

記憶を遡ってみるが、集に心当たりはなかった。何せ、綾詩荘の中はわけのわからないものでごった返しているから、ひょっとすると見かけているが思い出せないだけなのかもしれない。

知らないと答えると、章次は「そうか」とだけ言い残して今度こそ去っていく。残された集は、その背中をしばらくの間睨みつけていた。

◎

高校が夏休みに入って以降、集は朝から民宿の仕事を手伝っている。始めは嫌々だった綾詩荘でのバイトも、喉元過ぎれば何とやらだ。公之介はもちろん、実乃梨も手伝ってくれるようになった今となっては、むしろ働かずにだらだらしている方が落ち着かない。

表通り側の玄関掃除を終えた集は、裏通り側へと戻る。スエノがちょうど宿泊客の見送りを終えたところだったので、先ほどの出来事を報告しておくことにした。

「ばあちゃん。安藤さんがまた会いに来てくれたぞ。いい加減に時間を作って、顔を見せてあげてくれよ？」

「どうせ面倒事の相談がしたいだけだわい。あんまり頼られても、困るけん」

ただ単に心配してくれているだけだと思うけどなと頭を掻きつつ、もう一人の来訪者のことも伝える。

「それと、俺の叔父だっていう人が来た。章次さんって人」

名前を出した途端、スエノの目の色が変わった。

「……あの子、何か言っとったかい？」

「無茶苦茶言ってたよ。あやかしを信じていないとか、土地と建物の権利を相続したらここを売り払うとか。前にばあちゃんが言ってた霊感がゼロの息子って、あの人のことだろ？　見えないんだから信じられないのは無理のない話だけど、言葉遣いも乱暴だし、ハッキリ言って俺はあの人嫌いだよ」

好き放題言われた後なので、気が立っていてつい悪口のようなことを口走ってしまった。自分にとっては嫌味な叔父でも、スエノにとってはいくつになっても可愛い息子のはずだ。嫌いと断言するのは、配慮が欠けていたかもしれない。

「そうかい」

だが、怒るわけでも悲しむわけでもなく、スエノは短い言葉だけを落とした。集に背を向けると「今日は小さいあやかしの団体さんの予約が入っとるけん、サイズの合った備品の準備を頼むで」と指示を出してくる。

何のことはない。いつも通りの孫使いの荒いスエノだ。——それなのに、説明のしようがない違和感に襲われた集はその背中から目を離すことができなかった。

白髪の頭に、いつもと同じ唐草模様の施された淡い水色の着物。腰の辺りには、梔子(くちなし)色の帯で作られた形の整っているお太鼓とたれ先。その見慣れた後ろ姿が——消えた。

「――は？」

意味がわからず、間の抜けた声が口から落ちた。スエノがいた場所には、それまで彼女が着ていた着物だけが抜け殻のような形で投げ出されている。その瞬間を目撃したのは集だけではなかったようで、次第にロビーは騒（ざわ）めき出す。

「集殿！」と、人間体の公之介が運んでいたタオルを放り投げて駆けてくる。実乃梨も、宿泊客の間を縫うようにしてやって来た。

「女将（おかみ）さん……何があったの、集君っ⁉」

「そんなの、俺が訊きたいですよ！」

所有者を失った着物を見下ろしたまま、ただ立ち尽くすことしかできないでいた。思考をフル回転させても、この状況について納得のできる推測を立てることができない。

すると、上が霞（かす）むほど高いロビーの天井から声が降ってきた。

『時間切れのようだな』

反響する、落ち着きのある低い声。初めて聞く声だが、直感的にそれが綾詩荘の守り神であるそんつる様の声だということは、不思議とすんなり理解できた。

『集よ』

そんつる様に名を呼ばれ、集は緊張のあまり生唾（なまつば）を飲み込む。次いで放たれたのは――あまりにも急な、人生の選択だった。

『明日の朝まで猶予を与える。綾詩荘を継ぐか否か、それまでに決めよ。継がぬのなら、

『私はここを去ることにする』

「えっ……？」

あまりの急展開に、思考が全く追いつかない。

スエノは消えてしまい、そんつる様からは無茶な選択を迫られる。わけがわからないまま「待ってください！」と叫ぶが、言葉が返ってくることはなかった。

「集君……大丈夫？」

実乃梨の気遣いに答えることもままならず、力の抜けてしまった集はその場に膝をつく。地を這う視線は、抜け殻の着物を捉えた。

「……おい、ばあちゃん。どこに行ったんだよ？　綾詩荘を継ぐかどうか俺が決めるって、何でいきなりそんな話になってるんだよ!?　意味がわからないぞ！　出てきてちゃんと説明してくれよッ！」

大声で呼びかけても、折り重なっている着物には何の変化も起きなかった。

表通りと裏通りが繋がるのも、宿泊する人があやかしと触れ合えるようになるのも、その日の宿泊客に合わせて間取りを自在に変えられるのも、全てはそんつる様のおかげだ。

つまり、そんつる様が出ていけば――綾詩荘は、今の役割を果たせなくなってしまうことになる。

綾詩荘を存続させるかどうか明日の朝までに決めろなんて、無茶な話だ。そんなこと、決断できるわけがない。自分はまだ、何をするにも未熟な高校生なのだから。

――その時、着物がもぞもぞと動き出した。

裾から手が覗き、襟元から頭が飛び出し、スエノの姿を形作っていく。祖母の復活に安堵する一方、急な出来事の連続に苛立ちすら覚えていた集は怒鳴るように問う。

「何がどうなってんだよ、ばあちゃん！」

スエノはしばらく考え込むような素振りを見せていたが、やがて観念した様子で深い溜息を落とした。

「ついておいで。実乃梨ちゃんと、公之介もね」

◎

集達が通されたのは、八畳に床の間と押入れがついたスエノの部屋だった。大切な話をする時は、決まってここに呼ばれる。

スエノと向かい合う形で、集と実乃梨は正座した。公之介は変化を解いて、集の肩に乗っている。静寂に包まれた室内では、年代物の振り子時計が時を刻む音だけがやたら大きく響いていた。

「気になっとるだろうけん、先に伝えとく」スエノは何食わぬ顔で切り出す。「今のアタシは、人じゃない。あやかしだで」と。

目の前から一瞬で姿を消したかと思えば、今度は着物の内側からその姿を現した。そんなことをしておいて「人間だ」と言われる方が、逆に驚く。消えた時点で薄々感づいてはいたが、いざ本人の口から言われると上手く飲み込むことができなかった。

「人間のアタシは、春先に亡くなっとる。集が来る、ちょうど前日のことだった。脳卒中ってのだと思うで」

スエノは——すでに亡くなっている。そんなことを言われても、現在こうして目の前にスエノはいるわけで。たとえあやかしだとしても、集の知るスエノとは全て今ここにいるスエノのことだ。

だからなのか、悲しみという感情は湧いてこなかった。それが正しい反応なのかどうかわからず、気持ちが困惑して落ち着かない。

「……ばあちゃんは、死んであやかしになったってことでいいのか？」

整理がつく時間を稼ぐように、集はスエノに尋ねた。

「ああ。この着物はお気に入りでね、生前のアタシの念がたっぷりと籠っとる。魂を移すには、お誂え向きの媒体だったで」

だから、いつも同じ着物を着ていたのか。前から感じていた疑問がこんな形で解決するとは、思ってもみなかった。

「……じゃあ、今の女将さんは〝蓑草鞋〟みたいなものなんですね」

実乃梨が静かに口にしたその解釈に、集は首を捻る。すると、実乃梨はわかるように説明してくれた。

「蓑草鞋は、その名の通り蓑と草鞋の付喪神。常日頃から人が身に着けるものには、念が籠りやすいって言われとるに。女将さんにとっての蓑と草鞋は、仕事着の着物だったってこと」

付喪神なら梅雨に傘化けと出会っているが、あれは傘自身の自我が目覚めたような存在だった。スエノのように、使用者の魂そのものが物品に乗り移る場合もあるようだ。

少しずつ気持ちが落ち着いてきた集は、今まで感じてきた些細な疑問の答えに気づき始める。

「引っ越してきたばかりの頃、表通り側の民宿内でばあちゃんにずっと会えなかったのって、あの時の俺がサングラスをかけていてあやかしが見えなかったせいなのか？」

それだけではない。スエノは表通り側の接客はいつも集に任せていたし、表通りの商店街の人が尋ねてきても会おうとしなかった。その理由は、普通の人にあやかしであるスエノの姿が見えないからだとすれば納得できる。

初めて境港駅に降り立った時も――集の目に映らなかっただけで、もしかするとちゃんと駅前で出迎えてくれていたのかもしれない。

「いろいろと思うことがあるだろうけど、そういうわけだけん。ヒャッヒャッヒャッ！」

いつも妖怪染みていると思っていたその笑い方も、本当に妖怪だったというのだから笑えない。集はしばらくの間畳の目を見つめていたが、訊かなければならないことを尋ねるために頭を起こした。

「ばあちゃんは……蓑草鞋として、これからもここに留まれるのか？」

肝心なのは、そこだった。留まれるのならこれからも仕事を教えてもらえるし、今までと変わらない生活を送ることができる。

だが、返事は聞く前から何となくわかっていた。

「いんや。もうあまり時間がない。持って明日いっぱいってところだがね」

急に姿が消えたのは、その前兆だったのか。スエノが消えたことを、そんつる様は『時間切れ』と言っていた。急に跡継ぎになるかどうかの選択を迫ったのも、スエノがもうじきいなくなるとわかったからなのだろう。

スエノが消える。その事実を前にして、みんな一様に表情を曇らせた。スエノは困った様子で、そっと口を開く。

「そげな顔をせんでもええ。本来行くべきだったところに旅立つだけだけん。でも、その前に一つ頼みたいことがあるに」

続くスエノの言葉を想像し、集は目をきつく閉じた。

待ってほしい。自分は確かに、綾詩荘が好きだ。人とあやかしの懸け橋になるという

スエノのやりたいことも理解しているつもりで、力になりたいという気持ちもある。

でも、継ぐとなると重みが違う。スエノがこれまで積み上げてきたものを背負い込めるほど、自分は立派な人間じゃない。考える時間がほしかった。でも、その時間がない

こともわかっている。

追いつめられる集。しかし、スエノの頼みは予想とは全く異なるものだった。

「消えちまう前に、アタシの葬儀を執り行ってほしいだがね。表側の人達とも、ちゃんとお別れをしたいけん」

跡継ぎになってほしいと頼まれるとばかり思っていた集はホッと胸を撫で下ろし、同時に安堵している自分を情けなく感じた。言われてみれば、葬儀は確かに大切だ。別れが避けられないのなら、きちんと弔ってあげたい。

「そういえば」それまで静かにしていた公之介が口を開く。「女将さんのご遺体は、今どちらにあるのですか？」

集が境港へ来る前日に亡くなったのなら、すでに死後四か月ほどが経過していることになる。遺体がなければ、葬儀を執り行うのは難しい。民宿のどこかで冷凍保存でもされているのだろうかと思いきや、スエノの返答はあまりにも意外なものだった。

「蝶になっとる」

「え……蝶？」

理解できないでいると、スエノは具体的な説明を付け足してくれた。

「お前さん達も、見かけたことがあるはずだで。綾詩荘の中を、青く光る蝶が飛んどるのを」

確かに、綾詩荘の迷宮に迷い込んだ実乃梨を見つけた時や、靖が亡くなっていたことを雫にどう伝えるべきか濡れ縁で考え込んでいた時など、集は何度か淡く青い光を放つ蝶を目撃したことがあった。そして、反応を見るに実乃梨も公之介もそれらしきものを見た覚えがあるようだ。

「語り継がれる怪異譚の中には、死後の肉体は蝶になるっちゅうもんが存在する」

「〝蝶化身〟ですね」

「よく知っとるね。さすがは実乃梨ちゃん」

実乃梨の知識を褒めてから、スエノは説明に戻る。

「退治したあやかしの体を運んだり無力化したりするために、肉体を蝶に変化させる祓い屋の術がある。変化しとる間は肉体が劣化せんのを思い出して、アタシは自分の遺体に魂の一部を混ぜて一匹の蝶に変えたんよ」

着物の帯締めを解くと、スエノはそれを集に差し出した。

「蝶は、綾詩荘の中のどこかを自由気ままに飛んどる。居場所は、同じ魂の一部が宿っとるこの帯締めが示してくれる。帰る時は逆にアタシの居場所を指してくれるけん、迷わず帰ってこれるはずだで。集、悪いだけど公之介と一緒に捕まえてきてごせ」

スエノに訊きたいことは、まだ山ほどある。しかし、遺体探しが急を要するのも理解できた。

「……わかった」

受け取った帯締めは、ふわりと浮かび上がった紐の先端がまるで方位磁石のように一定の方向を示し続けている。「じゃあ、行ってくるよ」と、集は公之介を連れて部屋を出た。それを見送ると、スエノは箪笥の引き出しから代わりの帯締めを取り出す。

「実乃梨ちゃんは、アタシと一緒に民宿の仕事を手伝ってごしない。お客様にこちらの事情は関係ないけんね」

「……いいんですか？　残ってる時間、あまりないんですよね？　うちが蝶を探しに行きますから、女将さんは集君と少しでも長い時間一緒にいた方がいいんじゃないですか？」

実乃梨の気遣いが嬉しく、スエノは目尻に皺を作った。

「だんだんね。でも、その気持ちだけで十分。それに、集は集でアタシの見ていないところで考える時間が必要だろうけんね」

「それって、そんつる様が言ってた跡継ぎの件ですか？」

「ああ。アタシから継いでくれなんて、口が裂けても言えんけん。あの子の決断がどうであっても、それを黙って受け入れるつもりだで」

帯締めを結び終えたスエノは「ちょいと喋り過ぎちゃったね」とお茶目に舌を覗かせて仕事に戻っていく。瞬く間に綾詩荘で起こった目まぐるしい変化をまだきちんと受け止めきれていなかった実乃梨は、しばらくの間そこから立ち上がることができないでいた。

◎

綾詩荘の中は、そんつる様の力によって果てしなく広く複雑な造りになっている。正規の手続きを踏んで金属製の扉を通った場合は裏通り側のロビーへ直通でいけるが、そうでない場合は侵入者を惑わすだけのために生み出された最深部の迷宮に放り出されてしまう。そのおかげで、集もずいぶん苦労させられた。

虫取り網を担ぎ虫籠（むしかご）を首から下げた集は、公之介とともに帯締めが示す通りに民宿の奥へ奥へと進んでいた。かなり深いところまで進んだからか、宿泊しているあやかし達の気配は大分前から感じられなくなっていて、今は暗く先の見えない細長い廊下をひたすらまっすぐに進んでいる。

光源は、時折現れる灯台に置かれた蠟燭（ろうそく）だけ。通路の両側には襖（ふすま）や障子、自動ドアにアンティークな造り扉など、統一感の一切ない見た目の入口がずらりと並んでいた。

「初めて出会った時のことを思い出しますね」

公之介が、肩の上から話しかけてきた。集は綾詩荘に来て間もなかった当時のことを思い出して、懐かしい気持ちになる。

「あの時は、結局二人揃って迷子になって大変だったな」

「麻桶毛（まゆげ）殿の封印も解いてしまい、本当にてんてこ舞いでした」

あれからまだ四か月ほどしか経っていないのに、遥か昔のことのように思える。それは、ここで暮らした日々が色濃く充実していたからなのだろう。

そんな綾詩荘が、自分の決断次第でなくなってしまうかもしれない。スエノの守ってきた人とあやかしとの懸け橋は、志半ばでその役割を終えるかもしれない。タイムリミットは、明日の朝――。

「集殿っ！」

耳元の大声で我に返る。公之介が小さな指で示している廊下の突き当たりでは、青く光る蝶がひらひらと舞っていた。考えるのは後にしよう。今は、与えられた役割に集中しなければ。

蝶目がけて駆け出して角を曲がると、襖の隙間から部屋の中へと入っていく様子が見えた。勢いよく開け放ったその襖の先は、何と鏡張りになっている。互いを映し合う鏡のせいで部屋の広さは見当がつかず、反射して姿を増やした蝶はどれが本体なのかわからない。だが、帯締めのおかげで追うべき蝶を見極めることは難しくなかった。

そのまま鏡の部屋を抜け出すと、その先はボイラー室に繋がっていた。薄暗い空間には胴の太さほどありそうな銀色のダクトが何本も天井に張り巡らされており、船の操舵に使う輪のようなバルブが至る所に取り付けられている。ダクトの節々からは、白い蒸気がプシューと音を立て漏れていた。

「あっつい！」

集と公之介が、ほぼ同時に叫んだ。部屋の熱さはサウナの比ではなく、入室して十秒も経っていないのにもう汗が滝のように吹き出している。とても長時間はいられない。しかし、そんな空間でもスエノの蝶化身は涼しい顔をしてどんどん奥へと進んでいく。負けて堪るかと、汗を拭って後を追った。

ボイラー室を出ると、今度は体育館ほどの広さがある一面畳敷きの大広間に行き着く。火照った体を冷ましながら周囲を観察して、集は気づいた。

「……前に一度来たことある場所だ」

春に一度、集はここに迷い込んだことがある。見上げる高い天井には、あの時と同じ迫力のある龍の天井画が描かれていた。

蝶は畳の上を優雅に飛んでいる。開けたここなら、遮蔽物はない。虫取り網を構えてそっと近づき振り下ろしたが、あと一歩のところでひらりと躱されてしまった。蝶は集を小馬鹿にするようにくるくる回ると、網の届かない高さまで上昇していく。

「参ったな」

下りてきてもらわなければ、手も足も出ない。これは長期戦になりそうだ。そう覚悟した矢先に、公之介が「お任せください」と肩の上からジャンプした。くるりと一回転を決めると、小さな体を大きな鷹へ変える。それは、麻桶毛に飲み込まれかけたところを救ってくれたあの時の雄々しき姿だった。

「背中に乗ってください！」

「よし！」

集を乗せると公之介は力強く飛び立ち、一直線にターゲットへ向かっていく。タイミングを見計らい、集は思い切って虫取り網を振った。

◎

「ああ！　公之介のおかげだよ」

虫籠の中に収まった蝶化身を覗き込み、集はハムスター姿に戻った公之介とハイタッチを交わす。後はこの迷宮を脱出するだけだが、さすがに疲れた。少し休んでいくことにする。

「やりましたね、集殿！」

一人と一匹は、何畳あるか数えるのも億劫な広間で大の字に寝そべる。天井の龍をぼんやりと見上げながら、頭はスエノのことや民宿のことばかりを考えてしまっていた。

「綾詩荘を継ぐ決意は、やはりできませんか？」

公之介が尋ねてくる。どうやら、お見通しらしい。

スエノや実乃梨の前で情けないことは言えない。でも、今ここにいるのは少し前まで自分の中にいた公之介だけ。彼にならば、遠慮なく話せる。

「……俺さ、この目のせいでずっと窮屈な生き方をしてきたんだ」

他人から見た自分は、見えないものが見えると言い、目を合わせただけで体調を崩せる不気味な奴。だから、親戚夫婦を除けば誰にも相手にしてもらえなかった。

「でも、最近思うんだよ。俺が孤立してた原因は目のせいでも、ましてやサングラスのせいでもなくて、俺自身にあったんじゃないかって」

スエノの策略に嵌って民宿を手伝うようになり、きちんと真正面から言葉を交わせば相手が人でもあやかしでも仲良くなれることを学んだ。そのおかげで、クラスにも少しずつ馴染めている気がする。新学期が始まったら、今度は自分から御子柴や片倉に話しかけてみるつもりだ。

「それは素晴らしい考え方です！」

「俺もそう思う。こんな考え方ができるようになったのは、こっちに来てから出会った人とあやかしと、何よりも綾詩荘のおかげだ。ばあちゃんの前だと照れくさくて言えないけどさ、俺も綾詩荘が大好きなんだよ」

その気持ちに、嘘偽りはない。他にはないこの素敵な民宿を、これからも残していきたい。それは紛れもない本心だ。

——でも、

「だけどさ——怖いんだよ、俺は」

高校生が一人で民宿の切り盛りなんて、できるわけがない。それに、自分が中途半端に継いだことで、綾詩荘は変わってしまったと離れていく客がいるかもしれない。形だけ継いで駄目にするくらいなら、いっそのこと――。そんな風に、考えてしまう。

「雫さんと話をしたのをきっかけに、これから時間をかけてゆっくりやりたいことを探そうと思ってた。一人前になって、他の選択肢にも触れて、それでもここを守りたいと思ったら、その時はばあちゃんからバトンを受け取ろうって考えてた。……今となっては、叶わない願いだけどさ」

公之介は、困り顔で集を見ていた。こんな話をされて、何と答えたらいいのかわからず困っているのだろう。申し訳ないことをしてしまった。

「ごめん、公之介。話を聞いてもらってスッキリしたよ。ありがとう」

「水臭いですよ、集殿。我々は赤の他人ではないのですから。話くらい、いつでも聞きますよ！」

「助かるよ……あっ」

公之介が何気なく発した『赤』という言葉をきっかけに、とある記憶が引っ張り出される。集は身を起こした。

「……公之介。初めてここに迷い込んだ時、ステンドグラスみたいなランプの下にあった桐簞笥の上に、赤べこが置いてなかったか？」

「赤べこですか？　うーん……確かに、ありましたね。あそこは道に迷い何度か戻って来てしまった場所なので、私も覚えています」

今朝、表通り側の玄関先で出会った章次は、妙に赤べこのことを気にしていた。あの時は思い出せなかったが、集は民宿内で赤べこを見つけていたのだ。

章次が赤べこを気にかける理由は見当がつかないが、この民宿にあるものなら付喪神化している可能性は十分にあるだろう。もしそうなら、赤べこ本人から直接話を訊くこともできるかもしれない。

嫌味な叔父の弱みを一つくらい握れる可能性があるなら、あの場所へ行ってみる価値はありそうだ。

「戻る前にあの赤べこを見に行きたいんだけど、いいかな？」

「もちろんです」

二つ返事で受け入れてくれた公之介を肩に乗せて、蝶の入った虫籠を首にかける。冒険は、もう少しだけ続きそうだ。

◎

色とりどりの襖を片っ端から開けていくと、見覚えのある梯子のかかった白い部屋を無事発見できた。前回とは違う襖の向こうにあったので、この迷宮の間取りも固定されているわけではなく、そんつる様の気分で形を変えているようだ。赤べこの場所が変わっていないといいのだが。

「よしっ！　いくぞ！」

自分自身に気合を入れて、遥か上まで延びている梯子を摑む。そして、一段一段慎重に上り始めた。どうにか無事に上まで辿り着き、蓋をしている畳を頭で押し上げると前回と同じ四畳半の和室に出る。乳酸の溜まった腕を放り出して、集はその場に倒れた。

「お疲れ様です」

「こっ、このくらいどうってことないって」

「というか、私がもう一度鷹に変化して飛べばよかったですね」

「……もっと早く気づいてくれよ」

呟いた文句は、畳の上を空しく転がった。

その後は湖のような温泉をボートで渡り、天井と床が逆さまになっている部屋を抜けて、同じ部屋がいくつも繋がっているゾーンに突入する。所々変化している部分はあったが、概ね春に迷い込んだ時と同じルートで突破することができた。そうして、思っていたよりもスムーズに目的地まで辿り着く。

蜘蛛の巣が張っている薄暗い廊下に置かれているのは、ステンドグラスの笠がついたランプに照らされている年季の入った桐簞笥。その上には、赤べこが一つだけポツンと飾られていた。

「こんにちは」

とりあえず、声をかけてみる。しかし、赤べこは何の反応も示さない。

「どうやら、付喪神化していないただの赤べこ殿のようですね」

公之介の見解に、集はがっくりと肩を落とした。せっかく苦労してここまで来たのに。

そもそも、章次はなぜ赤べこを気にかけていたのだろう。単純に、気に入っていたが置いていってしまったものなのだろうか。もちろん大前提として、これではない別の赤べこという可能性も捨てきれないが。

とはいえ、長い道のりを経て手に入れた収穫だ。集は一応それを持ち帰ることにした。

◎

迷宮から帰還すると、時刻はすでに夕方の五時を回っていた。あの空間は窓も時計もないので、どうにも時間の感覚がおかしくなってしまう。

とりあえず表通り側の食堂の食器棚に赤べこを飾り、自室に戻って蝶の入った虫籠を畳の上に置く。そこで疲労はピークに達し、敷きっぱなしの布団に倒れ込んだ集は夢の世界に旅立ってしまった。

放っておけばいつまでも沈み続ける、底なし沼のような深い眠り。そこから集を引き上げたのは——ズリズリと響く、巨大な何かを引き摺るような音だった。

集はハッとなり飛び起きる。腹の上で眠っていた公之介が、その勢いで部屋の隅までコロコロと転がっていった。今のは夢かと思った直後、再び聞こえてきたズリズリという音が部屋の前で停止する。

『集よ。答えを聞こう。継ぐのか、継がぬのか、どちらだ？』

やはり、そんつる様だ。スエノ以外に姿を見せない守り神が今、襖一枚隔てた向こう側にいる。日当たりの悪い窓の外は、薄らと白み始めていた。つまりは——返答のタイムリミット。

「あの、ええと……ちょっと待ってください」

疲れていたとはいえ、あのまま朝まで眠ってしまうとは。自分の迂闊さを呪いながら、集は寝起きの頭を必死に回転させる。

迷宮を探索している間も、そんつる様への答えはずっと考えていた。考えに考えて——それでも、答えは出なかった。

だから返事は、わからない。それが今出せる、正直な答えだ。だが、そんな中途半端な返答を口に出すのは憚られた。

だから、黙っていることしかできない。気まずい沈黙を破ったのは、そんつる様の冷めた言葉だった。

『……では宣言通り、私はここを去ることにする』

集の長い沈黙は『継がない』と受け取られたようだ。「待ってくれ！」と襖に飛びつき開いたが、そこには見慣れた廊下が続いているだけだった。

集は自室を飛び出して、階段を駆け下りる。『関係者と妖怪以外立ち入り禁止』と書かれた貼り紙のしてある金属扉の取っ手を掴み勢いよく開けると——その向こうは、ただの物置になっていた。

「集君、どうしたの？」

寝惚け眼を擦りながら、寝間着姿の実乃梨が襖を開けて出てきた。スエノのことが心配で、昨晩は実乃梨も表通り側の部屋に泊まってくれていたのだ。彼女に遅れる形で、公之介も合流する。開け放たれた扉の向こうを見て、どちらも言葉を失っていた。

「……ごめん。俺のせいで、そんつる様が民宿から出て行ってしまった」

綾詩荘の表通り側と裏通り側は、そんつる様の力で繋がっている。この扉以外で、表と裏を行き来する方法を集は知らない。もしかすると、もう裏通りのあやかし達には会えないのだろうか。もしスエノが今裏通り側にいるのなら、お別れを言うことも叶わないのだろうか。

「何を辛気臭い顔しとるだや、集」

聞き馴染みのある声に振り返ると、そこには——スエノがいた。もう会えないかもと思った矢先だったので、驚きと安堵が同時に襲ってくる。

「ばあちゃん！　裏通りじゃなくて、こっち側にいたのか!?」

「いんや、裏通り側におったで。人が表から裏へ行くのは難しいけど、あやかしは表だろうが裏だろうが好きに出入りできるけんね。ヒャッヒャッヒャッ！」

思い返せば、雫は表通り側で靖さんと会っていた。それに、表側の世界であやかしを目撃することは別に珍しくない。不公平なような気もしたが、あくまで人が裏側へ行くことだけが難しいようだ。

「ばあちゃん、ごめん。俺が優柔不断なせいで、そんつる様が……」

「なっちまったもんは仕方ないがね。今はそれより、アタシの葬儀を優先せにゃいけん。死亡診断書は、あやかし事情を知っちょる馴染みの医者に作ってもらった。葬儀屋には実乃梨ちゃんに連絡を取ってもらったけん、そう遠くないうちにここへ来る。通夜は今夜八時からに決まったけんね」

集が眠りこけている間に、着々と準備は進んでいたらしい。確かに、そうなると優先すべきは葬儀の準備だ。楽しみにしていたみなと祭当日がスエノの通夜になるとは、夢にも思っていなかった。

「でも、そんつる様はどうすれば」

「大丈夫だで、集」スエノは子をあやすような口調で「あのお方は優しいけん、きっと今も近くで見守ってくれとるよ」

本当に、そうだろうか。気休めにしか聞こえなかったが、スエノの言う通り起きてしまったことは仕方がない。今はただ、できることをやるだけだ。

◎

取り急ぎ、家族や親戚、知人友人へ葬儀の連絡をする必要がある。出先の先生には真っ先に報告したかったのだが、このご時世なのに彼は携帯電話を持っていなかった。出版社とも、民宿の古ぼけた黒電話でやり取りしているアナログっぷり。枠に囚われないところも漫画家らしいと言えばそうかもしれないが、緊急時にはやはり不便だ。

必ず連絡を入れなければならないのは、息子の章次だろう。スエノの夫はすでに亡くなっており、長男である集の父親も他界している。となれば、喪主にはもう一人の息子の章次が適任なのだ。

あやかしを信じていなくても、スエノのことを嫌っていても、家族であることに変わりはない。連絡を取ると、章次はすぐに綾詩荘まで足を運んでくれた。

玄関戸を勢いよく開き、出迎えた集に「ババアは死んだのか？」と鬼気迫る表情で尋ねてくる。そんな姿に、内心安堵していた。口では嫌いだの何だの言っていても、いざこうなれば必死になって駆けつけてくれる。叔父は、きちんと親の死を嘆いてくれる人なのだと。

——だが、

「ははは！　ようやくくたばったか！」

章次が言い放ったのは、とんでもない一言だった。いち早く駆けつけたのは、スエノの死が事実であることを確認したかっただけなのか。あまりにも酷い言葉に、集は吐き気すら覚えた。こんな男と自分の血が繋がっているなんて、考えただけでも虫唾が走る。

「中に入らせてもらうぞ。このボロ宿を解体するまでに、金目の物はしっかり回収しておかないとな」

「……お前、ふざけんなよッ！」

集は、靴を脱ごうとしている章次の胸倉に摑みかかる。

「母親が亡くなったんだぞ！　わかってるのか？　それなのに、来るや否や金の話ばかり。他にやることがあるだろッ！」

信じられない。神経を疑う。なぜ素直に悲しめないのか。どうして真っ先にスエノの顔を拝ませてくれと言えないのか。

両親が幼い頃に亡くなった集は、まともにお別れすらできなかった。この人には、それができるはずなのに。

「熱くなるなよ、集」

甥の怒りなど意に介さず、章次が始めたのは何とスマホでの動画撮影。その行動に虚を衝かれ、胸倉から手を放した集は左手で自分の顔を隠す。

「おい、何の真似だよ！」

「お前の暴言を録画してんだよ。ババアがお前に民宿を相続させるって書いた遺言書でも見つかったら、最悪裁判になるかもしれないからな。こちらが有利になるデータは、多いに越したことはない」

最早、罵りの言葉すら出てこなかった。目の前のこの男は、本当に金のことしか頭にないのだ。何より辛いのは、血縁関係上、綾詩荘はそんな章次に相続される可能性が最も高いこと。

「……もういい」

自然と手が伸びたのは——自分がかけている眼鏡。憎しみの気持ちを込めて章次を睨めば、牛蒡種の力で体調不良を引き起こすことができる。症状はきっと、子どもの頃に誤って力を使ってしまった時の比ではないだろう。こんなに腸が煮えくり返るような気持ちは、生まれて初めてなのだから。

しかし、

「なりません、集殿！」

肩に乗っている公之介が、集の手にしがみついてきた。その姿も声も、当然章次には見えていないし聞こえていない。

「でも……！」

「今ここで力を使ってしまえば、集殿はきっと眼鏡越しでもみんなと目を合わせることができなくなってしまいますよっ！」

その一言で我に返り、集は眼鏡から手を離した。公之介の言う通りだ。危うく、また牛蒡種の力に怯える日々に戻ってしまうところだった。

「……ありがとう、公之介」

礼を伝えると、公之介は嬉しそうに肩の上の定位置へ戻っていった。

「何をぶつぶつ言ってやがる？　わかったぞ、あやかしごっこか。そんな下手くそな小芝居で俺に信じさせようなんざ、笑えねぇ冗談だ。俺はババアと違って、わけわかんねぇもんなんか信じちゃいない。真っ当な人間なんだよ」

軽蔑の言葉を投げつけると、章次はそれを鼻先で笑い飛ばした。

「……最低だよ、お前」

「最低なのは、ババアの方だ。こんなボロ民宿であやかしだのなんだの言ってるババアを母親に持ったせいで、俺がどれだけ肩身の狭い思いをしてきたと思ってる！　周囲からどんな目を向けられてきたと思ってやがるッ！　こんなところに住んでるなら、お前も少しは心当たりがあるだろうが！」

確かに、学校では綾詩荘で暮らしていることで陰口を叩かれることがある。あんな幽霊屋敷に住むなんて、信じられないと。集がそれを気にしていないのは、秘密を共有できる実乃梨と出会えたからであり、あやかしと触れ合える霊感を持っているからでもある。

だが、章次は違う。あやかしが見えない彼は、家族の言葉を信じることもできず、理不尽な迫害だけを受け止めてきたのかもしれない。きっと、居場所のない孤独感を抱えながら学生時代を過ごしたのだろう。

章次の言い分に納得はできない。だが、周囲から孤立することの苦しみは集もよく知っていた。

「この土地を貰うぐらい、当然の権利なんだよ。俺が受けてきた苦しみに比べたら、むしろ安いくらいだ。ほら、どけよッ！」

章次は集を押しのけて、民宿の中に入っていく。床を軋ませながら歩く彼は、廊下の途中で佇むスエノとすれ違った。スエノは、息子の目を見る。しかし、その視線が交わることはない。

「ばあちゃん……」

先ほどの会話を聞かれてしまっただろうか。もっと気を遣うべきだったと反省している集へ、スエノは微笑みかける。

「気にせんでいいけんね。それより、じきに葬儀屋が来る。アタシの遺体を布団に寝かせてやってごさんかや？」

頷くと、集は虫籠を取りに二階の自室へと向かった。

◎

虫籠を持って空き部屋になっている一階の六畳間に入ると、ちょうど実乃梨が布団を敷き終えたところだった。隣の部屋からは、章次が民宿内を物色する音が聞こえてくる。今あの男のことを考えても苛立つだけなので、集はなるべく気にしないよう心掛けた。

「……それで、この蝶はどうやったら遺体に戻るんだ？」

集が問うと、スエノが答える。

「取り出した蝶を布団の上に乗せてごせばいい。後は、アタシがやるけん」

「わかった」

集は虫籠を開こうと蓋の溝に指を引っかけた——つもりだった。しかしどういうわけか、虫籠はいつの間にか手の中から消えている。

「……あれ？」

落としたのかと思ったが、畳の上のどこにも虫籠は見当たらない。地を這う集の視線は——布団の上に、毛むくじゃらの足を捉えた。

皮膚が見えない程びっしりと茶色い毛で覆われているその足は、人の形をしていない。一見丸っこくて可愛い指からは、鋭利な爪がはみ出している。これは——猫の足だ。

頭を起こすと、布団の上には人間サイズの猫に似た生き物が二本足で立っていた。体にはボロボロの布切れを纏っており、腕にはしっかりと虫籠が抱えられている。顔も猫そのもので、こちらを警戒するように耳をピンと立てていた。

どうやら、虫籠は急に現れたこのあやかしに奪い取られたらしい。

「ひぃぃ！　猫だぁ！」と、公之介が集の背中にしがみつく。たたりもっけの時といい、ハムスターには天敵が多いようだ。

「火車！」と、実乃梨が叫んだ。

「カシャ？」

「火車は、葬式に現れて遺体を奪い去っていくって言われてるあやかしだよ！」

それが今、スエノの遺体である蝶を攫（さら）おうとしているわけか。実乃梨の説明を聞きながらも、集は火車から決して目を離さなかった。向こうも尻尾（しっぽ）の毛を逆立てて、こちらを警戒している。

一体、火車はどこから湧いて出たのか。その疑問の答えに、心当たりはある。この火車が、公之介と同じく今まさに自分から分離した牛蒡種のうちの一匹だという可能性だ。

集は、一瞬だけ自身の左手首に目を落とす。そこには特殊な墨で体内の憑（つ）き物の数が刻まれている。確認した数字は——七十四。

変わっていない。火車は牛蒡種の一部ではないということか。

膠着（こうちゃく）状態は、火車の起こした行動によって破られた。火車は「シャー！」と威嚇の声を上げたかと思った途端、両足にグッと力を込めて大きく横へ跳ぶ。次の瞬間、その体は壁の中へと吸い込まれるようにして消えていった。

「うわっ！　壁をすり抜けたっ⁉」

「違うで、集。裏通りへ逃げただがね」

集の間違いを、スエノが冷静に正す。

「早く追わないとっ！」

実乃梨が襖（ふすま）に手をかけるが、もう綾詩荘の金属製の扉は裏通りへ繋（つな）がっていないことを思い出したのか、動きを止めてしまう。

「ばあちゃんなら、扉がなくても裏通りに行けるんだろ？　向こうに行って火車を捕まえたりとかできないのか？」

「生憎、もうそげな力は残っとらん。存在を留めるだけで精一杯だで」

スエノの魂が愛用していた着物に乗り移った付喪神・蓑草鞋。その存在が消えるタイムリミットは、頑張っても今日いっぱいと聞いている。体はすでに、これまでのようには動かせなくなってきているようだった。

「ねっ、猫は怖いですが、私が行きますっ！」

公之介が、震える声で名乗り出てくれる。この中で裏通りに行くことができ、なおかつ火車を捕まえられる可能性があるのは公之介くらいだろう。

だが、

「……駄目だ」

集は、公之介の決意を却下した。

「なぜですか、集殿！」

「たたりもっけの時もそうだったけど、公之介は苦手な相手の前だと変化できないだろ？　それに、一番まずいのはこれから葬儀屋が来るのにばあちゃんの遺体がないことだ」

人が亡くなったのに、遺体がそこにない。そうなれば、警察が動くには十分過ぎる事件に発展することは明白だ。

「だから、公之介はここに残ってくれ」

「私がここに残って、一体何になるのです？……まさか！」

スエノの遺体が盗まれた以上、取り返すまでここに遺体があると思わせる必要がある。それができるのは、公之介しかいない。

「私に、女将さんの遺体に化けろというのですかっ⁉」

驚愕する化けハムスターへ、集は申し訳なさそうに頷いた。

「無茶ですっ！　バレるに決まってるじゃないですか！」

「他に方法がないんだ！　頼むよ！」

「しかし、集殿が裏通りへ行けない以上、火車殿を捕まえる方法はありませんよ！」

「考えはある！　俺を信じて待っていてくれ！」

そこまで言われてしまっては、無下にもできないと思ってくれたのだろう。苦悩の表情で渋々了承してくれた公之介に礼を言い、集は実乃梨を連れて部屋を出た。

「集君。どうやって裏通りに行くつもりなの？」

問われた集は、立ち止まると振り返り実乃梨の肩をがしっと掴む。

「お願いします！　実乃梨先輩の記憶だけが頼りなんです！」

「うちの……記憶？」

「実乃梨先輩は、七歳の頃に裏通りへ迷い込んでいます。つまり、そんつる様の力がなくても人が裏通りへ行く方法が絶対にあるはずなんですよ！」

「うん、わかった。わかったけん、とりあえず手を放してもらってもいい？」

困り顔の実乃梨に言われて、集は自分が彼女の肩を摑んでいることにようやく気づいた。「すっ、すみません！」と慌てて手を退け、何だか恥ずかしくなり互いに視線を逸らす。やがて、口を開いたのは実乃梨の方からだった。

「……当時のことは、蜃のネックレスが壊れたからなのか、昨日のことのように思い出せるに。あの時、うちは妖怪神社にいたの」

妖怪神社とは、水木しげるロード内に建てられた小さな神社のことだ。大きな石の目玉が入った手水鉢と一反木綿を模した鳥居が目印で、境内には背の高い黒御影石と樹齢三百年の欅からなるご神体が祀られている。

「鳥居の向こうがね、眩しいくらいに光って見えたに。綺麗だなーって吸い寄せられるようにそこを潜ったら、境内に入ったはずなのに歩道に出てた。周囲の雰囲気もガラッと変わっていて、そこはもう裏通りだったんよ」

前にスエノが言っていた。たまたまチャンネルが合って迷い込んでしまう者は、極稀にいると。話を聞く限り、実乃梨が裏通りへ入れたのは単なる偶然だ。妖怪神社に行ったところで、簡単に入口が開くとも思えない。

それでも、今はその可能性に縋るしかなかった。

「妖怪神社に行ってみましょう」

集の提案に実乃梨は頷き、二人は揃って駆け出した。

玄関に向かう途中で、食堂の戸が少し開いているのが気になった集は中を覗いてみる。

そこからは、章次の背中が見えた。金目のものを探してこんなところまで漁っているのかと腹が立ったが、どうにも様子がおかしい。

章次がじっと見つめているのは、食器棚の上に飾ってある赤べこだった。昨日、迷宮から持ち帰った戦利品だ。執心な様子を見る限り、どうやらあれが章次の気にしていた赤べこで間違っていなかったらしい。

「なあ。俺のこと、覚えてるか？」

ぼそりと、章次は赤べこにそう語りかけている。その様子に、集は違和感を覚えた。

綾詩荘に来て間もない頃、集は霊感の詳しい説明をスエノから聞かされたことがある。

霊感とは、あやかしや幽霊など人の世とは一線を画す者達を捉えることのできる感覚のこと。これが全くのゼロの人間が相手の場合、変化することで人前に姿を晒せる公之介でも相手には認識されない。実体を持つ付喪神でも、喋ったり動き回ったりといった行動を取っている間は相手に感知されない。徹底的に、五感からあやかし要素が排除されてしまうのだと聞いている。

だから、章次に付喪神と接した記憶があるわけがない。もしそんな思い出が何らかの理由で残っていたのなら、章次はここまであやかしを強く否定しないはずだ。それに何より、大前提としてあの赤べこが付喪神ではないことはしっかり確認している。

「……あっ」

ここで集は、章次のスマホがテーブルの上に置いてあることに気づいた。弄っている途中で赤べこを見つけたからなのか、ホーム画面が映し出されたままになっている。今ならロックの解除は必要ない。

章次は赤べこに夢中だ。この隙に先ほど撮られた動画を消してしまおうと、スマホをそっと手に取った。保存されている動画の中で最新のものをミュートで再生して、消す動画がそれで間違いないことを確認する。

「——？」

集は、流れる映像にふと違和感を覚えた。その正体が何なのかわからないが、ゆっくりと考える暇はない。とりあえず削除して、音を立てないようにスマホをそっとテーブルの上に戻した。

「……やっぱり、俺の勘違いだったか」

食堂を去る前、章次の落胆する声が聞こえてきた。一体、あの赤べことの間にどんな思い出があるのだろう。思い切って声をかけようかと考えたが、実乃梨を待たせるわけにもいかないと考え直して玄関に向かった。

◎

表通りを駆け抜けて、集は実乃梨と妖怪神社へ急ぐ。

水木しげるロードでは、祭りの雰囲気がすでに出来上がっていた。夜が本番とはいえ早くも営業している屋台もあり、境水道の方面からは大音量の音楽が聴こえてくる。どうやら、海上パレードが始まっているようだ。

ベーカリーに並ぶパンを横目に交差点へ入り、大きなブロンズ像と握手して写真を撮る人の前を「すみません」と横切り、目的地である妖怪神社に到着する。

「鳥居の向こうは……やっぱり光ってないですね」

乱れた呼吸を落ち着けてから、集は見たままの感想を漏らした。

「うちは集君と会う前からずっと裏通りへの入口を探しとって、ここも怪しいと思って何度も調べた。けど、入口なんて全然見つけられんかったよ」

元より、簡単に見つかるとは思っていない。とりあえず大きな目玉の石が回っている手水鉢で手を清めて、一礼してから鳥居を潜った。狭い境内を一通り調べさせてもらったが、案の定ヒントすら見つけることができない。

他に神社でできることといえば、決まっていた。

「駄目で元々だ！」

集は財布を取り出すと、賽銭箱の上でひっくり返した。決して多いとは言えない中身が、ジャラジャラと箱の中に吸い込まれていく。空っぽの財布をポケットに捻じ込むと、パチンと手を合わせた。

単なる神頼み。お世辞にも有効な作戦とは言えないのに、実乃梨も集の後に続いてくれた。集は目を閉じると、御神体の前で祈る。

――お願いします。俺達を、もう一度裏通りへ連れて行ってください。やらなければならないことがあるんです。向こうへ繋がる扉が閉じたのは優柔不断な俺のせいなのに、都合のいい願いでごめんなさい。

俺は、あやかしが好きです。不気味で、怖くて、わけわかんなくて、自分勝手で、プライドが高くて。でも、そんなあやかし達と過ごす日々が、堪らなく愛おしい。道を閉ざされた今になって、ようやく実感することができました。

俺にはもう、裏通りへ行く資格はないのかもしれません。でも、ばあちゃんを弔ってあげたいんです。蝶化身を取り返して、きちんとみんなにお別れをさせてあげたいんです。

だからもう一度だけ、道を繋げてはいただけないでしょうか。どうか。どうか――。

「集君っ！」

実乃梨の悲鳴にも似た声に、集は閉じていた目を開ける。彼女の指さす先にある鳥居は、向こう側が直視できない程に白く光り輝いていた。

「奇跡だよ！　まさか、本当に繋がるなんて！　凄いよっ！」

大喜びしている実乃梨の横で、集は呆然とその輝きを眺めていた。

奇跡なんて、そう都合よく起こるものではない。頭を過ったのは、章次の動画を消した時に感じた違和感だった。それとスエノに言われたある言葉が、パズルのピースのようにピタリと嵌る。

「……そうか」

呟（つぶや）いて、集は自分の胸の辺りを押さえる。

「実乃梨先輩、時間がありません。急ぎましょう！」

「うん！　行こうっ！」

集と実乃梨は手を繋ぎ、光る鳥居の中へと足並みを揃えて飛び込んだ。

◎

裏通りの商店街でも、祭りがすでに始められていた。表通りに合わせて毎年行うようになったこちら側の『裏みなと祭』は、大勢のあやかし達で賑（にぎ）わっている。アーケードの縁日には、人間世界ではまずお目にかかれないだろう食べ物やゲームなどがひしめき合って並んでいた。

そこへ、妖怪神社の鳥居から裏通りへ入った集と実乃梨が現れる。

「やあ、綾詩荘のお二人さん！」と、眼鏡屋を営む百目が声をかけてくれた。今日は捩（ね）じり鉢巻姿で、屋台の鉄板の前に立っている。

「よかったら一つ持って行きなよ」

百目はそう言って、『目玉たこ焼き』というあまり食欲をそそられない食べ物を差し出してきた。人間が食べていい見た目ではなかったので、二人揃って丁重に断る。たこ焼きを引っ込めると、百目は思い出したように口を開いた。

「そういえば、連絡が回ってきたよ。スエノさん、逝ってしまうんだってね。寂しくなるなぁ」

　感慨深そうに話しているが、お気の毒にというような気遣いは感じられない。それはあやかしにとって、死というものが人間よりもずっと馴染み深いものだからなのだろう。旅立つ人を見送るような、そんな心境が近いのかもしれない。

「百目さん。俺達、あやかしを探しているんです。青く光る蝶の入った虫籠を持った、火車っていう猫みたいなあやかしを見ませんでした？」

「そいつなら、さっきからあそこにいるぞ」

　百目がずんぐりとした指で示す先は、商店街に並ぶ建物の屋根の上。そこには確かに、虫籠を首から下げて毛繕いしている火車の姿があった。見た目の通り、相当身軽なあやかしなのだろう。仮に梯子を使って屋根に上ったとしても、あっさり逃げられてしまうに違いない。

「アイツがどうかしたのか？」

「あのあやかしが持っている蝶の正体は、ばあちゃんの遺体なんです。取り返さないと、ばあちゃんの葬儀ができなくなってしまうんです！」

「そいつは一大事だ！」

　事情を知った百目は、商店街の仲間に声をかけてくれた。すぐさま身体能力に自信のあるあやかしや空を飛べるあやかしなど、たくさんの仲間が集まり、屋根の上で呑気に寝転がっている火車を捕まえようと一斉に飛びかかる。

しかし、そこは猫のあやかしだ。大きな耳で危機を察知すると、すぐさま立ち上がり隣の屋根に移動する。火車は猫特有のすばしっこさで商店街のあやかし達を翻弄し続け、体力の尽きたあやかしが一人また一人と脱落していく。

「むっ、無理だ……」

「動きを止めない限り、あいつは捕まえられない……」

協力してくれた文房具屋の網切と楽器屋の三味長老が、息も絶え絶えに言う。あれだけ動き回っても火車の体力はまだ有り余っているようで、屋根の上で挑発でもするかのように宙返りを決めていた。

「くそっ、何か捕まえる方法はないのか？」

ない頭を絞って、どうにか見つけられたのは気の進まない方法だけだった。不安要素は大きいが、このまま火車を見上げているよりは行動に移した方がマシだろう。

「俺に案があります。実乃梨先輩、一旦綾詩荘へ行きましょう！」

「わかった！」

協力してくれた商店街のあやかし達に礼を伝えると、民宿へ向けて走り出す。悠長にしてはいられない。一刻も早く蝶を取り返さなければ、民宿で待つ公之介が大変なことになってしまうかもしれないのだから。

◎

一方その頃、表通り側の綾詩荘には二人の納棺師が訪れていた。喪主である章次の「遺体は多分その部屋だから、勝手にしてくれ」という適当な案内を受けて、六畳間にてスエノの遺体と対面する。

もちろん、この遺体は本物ではない。正体は遺体に化けた公之介だ。

「それにしても、不誠実な喪主ですね」

若い男の納棺師が、章次の態度に不平を漏らした。

「これこれ、仏様の前だぞ」と、ベテランと思しき初老の男性納棺師がその発言を咎める。師弟関係にあるらしき二人は正座して両手を合わせると、遺体もとい公之介と向き合った。

「それにしても、ずいぶんと血色のいい仏様ですね」

弟子の発言に公之介はギクリとして、とっさに肌の色を白く変化させる。だが、それは悪手だった。いきなり血色が悪くなったものだから、弟子は驚き目を丸くする。

「し、師匠っ！　今の見ましたか？　いきなり肌の色が変わりましたよね!?」

「ああ、すまん。今老眼鏡をかけたもんだから、よく見ていなかったよ。カメレオンじゃあるまいし、そんなことあるわけがないだろう。仏様の前でギャアギャア騒ぐものじゃないぞ」

叱られた弟子は、絶対に見間違いではないのにと不満げにしている。公之介は、危ないところだったと内心ホッとした。

「では、お化粧に移ろう。その前に私はトイレを借りてくるから、準備をしておいてくれ」

「わかりました」

師匠が退室し、残された弟子はやや怯えながらも「勘違いだよな」と自分に言い聞かせて化粧道具を広げる。その時、弟子の手から転がり落ちたパウダーケースが公之介の頭にコツンと当たった。

「いてっ」

反射的に、声が出てしまう。心臓の音は、最早隠し切れないくらいバクバクと高速で脈打っていた。弟子の顔は、驚愕の表情のまま石像のように固まっている。そこへ、師匠がトイレから戻ってきた。

「ししししっ、師匠！　この仏様生きてますすっ！」

「何を馬鹿な」

「さっき喋ったんですよ！　本当ですすッ！」

「空耳だよ。ほら、いいから仕事に取りかかるぞ」

半泣きの弟子は、化粧を行う師匠を怯えながらサポートした。見事な技術で生前の雰囲気を再現すると、師匠は「素敵に仕上がりましたよ」と公之介に語りかける。

「私は棺を手配してくるから、キミは仏様に詰め物を頼む」

「わ、わかりました……」

体液が出るのを防ぐため、弟子は綿を適量千切るとピンセットに挟んで公之介の鼻に詰め込んだ。そんなことをされたら、当然耐えられるわけがない。

「へっくしゅんっ！」

くしゃみとともに飛び出した綿が、弟子の額に命中する。彼はついに泣き出して「師匠ぉぉぉぉぉ！」と叫びながら部屋を飛び出して行ってしまった。

冷や汗をだらだらと流し、公之介は心の底から祈る。

集殿、実乃梨殿、早く帰ってきて！

◎

裏通り側の民宿に到着した集と実乃梨は、その光景に言葉を失った。

そこにあるのは表通り側とは似ても似つかない豪華絢爛な綾詩荘——ではなく、崩落した瓦礫の山だったからだ。宿泊していたあやかし達は、困った様子で綾詩荘の成れの果てを見つめてどうしたものかと話し合っている。

「たっ、大変っ！　みなさんお怪我はありませんでしたか!?」

我に返った実乃梨が慌てて声をかけると、客達は無事を主張するようにこちらへ手を振ってくれた。

「一体何があったんですか？」

集が常連の仙人のような恰好をしているあやかしに尋ねる。

「今朝方、急に崩れ始めたんだよ。危うくペチャンコになるところだった」

その返答を聞き、原因が何なのかはすぐに理解できた。

裏通り側の綾詩荘がほぼ際限のない広さを誇っていたのは、そんつる様がいたからこそだ。守り神を失った今、綾詩荘は当然元の大きさへと戻る。その結果、中に大量にあったガラクタや家財道具などもギュッと圧縮され、耐えきれなくなった建物が崩壊してしまったわけだ。

「これって多分、そんつる様が出て行っちゃった影響だよね？　表通り側も崩れてるかも……大丈夫かな？」

「それならおそらく大丈夫ですよ。崩れたのはそんつる様が影響を与えていた裏通り側だけです。崩れるとしたら、そんつる様が出て行ったその時に崩落してるはずですし」

仮にもしそんなことになっているのなら、公之介が遺体のふりをやめて裏通り側に飛んで来ているはずだ。音沙汰がないということは、彼は今も役目を全うしてくれているのだろう。

慣れ親しんだ場所が見る影もなくなっており、切ない気持ちになる。だが、ショックを受けている時間はなかった。ぶら下がる先を失い地面に転がっていたヤカンヅルを拾い上げて汚れを拭き取ると、それを実乃梨に手渡して集は瓦礫の山に足を踏み入れる。そして、残骸を掻き分け始めた。

「集君、何してるの？」

「探し物です。このくらいの桐の箱なんですが」

集は両手で、スマホくらいの大きさを示す。探しているのは、春に公之介と見つけた無限に伸び続ける髪の毛の御神体・麻桶毛。あれをもう一度解放すれば、火車の動きを止めることができるはずだと集は考えていた。

それを聞いた実乃梨は、ヤカンヅルを置くと「うちも探すよ！」と瓦礫に手をつける。

「危ないですよ、先輩。手を怪我するかもしれません」

「そんなこと、どうでもいい！　うちだって綾詩荘の仲間なんだよ？　手伝わずに見てるだけなんて、できるわけないじゃん！」

泣きそうな顔で、実乃梨は果敢に民宿の残骸を掘り起こしていく。怪我も厭わず手伝ってくれることは、心の底から嬉しかった。しかし、この量だ。見つけるまで、どれだけの時間がかかってしまうのか見当もつかない。

「桐の箱を見つければいいんだな？」

絶望の淵にいたところ、そう声をかけられる。集が振り返ると、百目を筆頭に裏通り商店街のあやかし達の姿がそこにはあった。探し物が何かわかると、彼らは人とは比較にならないスピードで瓦礫の山を掘り返していく。

「どれ、我々も手伝おう」

さらに、常連の仙人のようなあやかしの一言で宿泊客達までもが作業に加わってくれた。残骸の山は、あっという間に数多くのあやかし達で溢(あふ)れかえる。その光景を、集は呆然(ぼうぜん)と眺めていた。

「みんな……何で手伝ってくれるんですか？」

不意に口を衝(つ)いたのは、そんな疑問の言葉。それを聞いた百目は、ガッハッハと豪快に笑い出す。

「そんなの、当たり前だろう。ここにいるみんな、スエノさんには世話になった。助けるのは当然のことだ」

「でも、俺はこの商店街で麻桶毛を解放して、火車を捕まえようとしているんですよ？考えがなくはないですが、麻桶毛をまた封印できる保証もありません。……少なくとも、裏通りの祭りは台無しにしてしまいます」

「構わないさ。わけのわからないものが大暴れするくらい、ここでは日常茶飯事だ。むしろ、祭りにはいいスパイスになる。さあ、考えている暇があったら早く見つけよう。時間がないんだろう？」

そう言って、百目は百個中五十個の目をパチリと閉じてウインクすると捜索に加わった。今や祭りを見に来ていた余所(よそ)のあやかし達までもが、次々に腕まくりをして仲間に加わってくれている。

瞬く間に広がっていく、善意の輪。その温かさに、気がつけば集の目尻には涙が溜まっていた。

「気のいい奴らだぁが？」

いつからそこにいたのか、隣には蓑草鞋のスエノが立っていた。

「ばあちゃん……」

スエノの体は、僅かだが透け始めている。持って今日いっぱいというのは、やはり避けられない運命のようだ。事実から目を背けるように視線を逸らすと、スエノは優しい口調で語りかけてくる。

「アタシはね、集に民宿を継いでごせとは言えん。今までずっとほったらかしにしておいて、それはいくらなんでも都合がよすぎるけんね。でも、せっかくならあやかしと触れ合ってみてほしかった。お前さんの人生の選択肢に、あやかしとともに生きる道を並べてみてほしかった」

「……それで、眼鏡代の百万円ってことか」

スエノが百万円を取り立てる気などさらさらないことは、途中から薄々気づいていた。あれは、多少無理にでも集にあやかしと交流してもらうための口実だったのだ。

「こっちに来てくれるお前さんをほったらかしにもできんけん、アタシは魂を着物に移して現世に留まった。集は文句を言いながらも仕事を手伝ってくれるけん、アタシもここに残ってじっくりとお前さんに仕事を教えるつもりだった。……でも、そうもいかなくなってしまっただがね」

「何でだよ？」

「未練がなくなったからだで」スエノは微笑む。「集が、アタシが思っとったよりもずっと民宿の仕事を好いてくれたけん、この世に留まる理由がすっかりなくなってしまっただがね」

魂を縛るのは、現世での未練だ。スエノの未練は綾詩荘のことでもあり、春からこちらに来る集のことでもあった。集の未熟ながらもまっすぐな姿勢にスエノは安堵して、未練を失くした魂はこうして現世を離れようとしている。

「……ごめん」

「何でお前さんが謝るだや。謝らんといけんのはアタシの方だで。ごめんねぇ、集。その目のことといい、苦労ばかりを背負わせてしまって」

スエノは、間もなく消えてしまう。いなくなる。この世から、消えてなくなる。理解してはいるが受け入れることのできなかったその事実を、ここにきてようやく実感し始めたのかもしれない。いや、心の底では最初からわかっていたのだ。わかっていたからこそ——火車は現れたのだろう。

「あった！　見つけたよ集君っ！」

実乃梨が突如として大声を上げて、小さい桐の箱を掲げる。周りのあやかし達からは、拍手喝采（かっさい）が沸き上がった。彼女は転びそうになりながら瓦礫の山を下りて、集の下へと歩み寄る。

「どうぞ」

桐の箱を差し出す実乃梨の手は、擦り傷や切り傷でボロボロになっていた。ここまでしてくれたことが申し訳なくなり、堪（たま）らず顔を伏せてしまう。——だが、集はすぐに顔を上げた。

実乃梨も、あやかし達も、誰かのために力になれることが嬉しいから手伝ってくれたのだ。そしてその気持ちは、綾詩荘の仕事を経験してきた集もよく知っている。

だから、返す言葉は『ごめんなさい』ではない。

「……ありがとう、実乃梨先輩！　ありがとう、みんな！」

麻桶毛の発掘成功に盛り上がるあやかし達。その輪の中心にいる集を見据えて、スエノは満面の笑みを浮かべた。

「集。お前さんのその名前はね、両親が悩みに悩んでつけたものだ。『集まる』というその文字は、多くの鳥が羽を休める止まり木の象徴。その名には、多くの良き友が自然と集まるような人になってほしいという願いを込めたと聞いとる。もちろん、人もあやかしも分け隔てなく」

今まで知らなかった名付けの意味を聞かされ、集は自分の周りに目を向ける。協力してくれた多くの仲間を見回し、天を仰いだ。——父と母は、天国からこの光景を見てくれているだろうか。

「さて！」と、自分の頬をパチンと叩き気合を入れ直す。

やるべきことも、成すべきことも、すでに霧が晴れたかのようにしっかりと見えている。集は、桐の箱を強く握りしめた。

「見ててくれ、ばあちゃん。俺、やれるだけやってみるから」

集の決意に、スエノは大きく頷き応えてくれた。

◎

「火車！　虫籠を俺に返してくれ！」

乾物屋の屋根の上を陣取っている火車へ、集は大声で呼びかける。しかし聞く耳は持ってもらえず、火車は数軒隣の屋根へ身軽に飛び移ってしまった。

話すら聞いてもらえないのなら、やはりやるしかない。振り返って後方にいるみんなに合図を送ってから、集は桐の箱の蓋をゆっくりと開けた。

中に納められているのは、一本の黒い髪の毛。それは一瞬震えたかと思うと、次の瞬間には無数に枝分かれして急激に伸び始めた。

辺り一面が毛に覆われるまで、十秒とかからない。黒い波と化した麻桶毛は祭りの屋台を破壊して、家屋に絡みつき、裏通りを見る見るうちに飲み込んでいく。集は毛の海の中で手足を動かし、どうにか外に顔を出して近くにあった街灯にしがみつくことができた。

　あっという間に、麻桶毛の水嵩(みずかさ)もとい毛嵩は屋根の高さまで到達する。捕まって堪るかと火車は屋根の上を縦横無尽に逃げ回っていたが、毛の伸びるスピードの方が遥(はる)かに勝っていたため、やがて足を搦(から)め捕られた。

　転んだ火車は頭を打ち意識を失ってしまったのか、そのまま屋根から転げ落ちる。集はどうにか手を伸ばして、黒い波に流されていく火車の腕を摑(つか)んで街灯まで引き寄せた。すぐに意識を取り戻した火車は、集の顔を見ると全力で逃げようとする。しかし、蹴(け)り出す地面に足が届かないこの状況でそれは叶(かな)わなかった。

「ごめんよ、火車」

　集の口から出た、詫(わ)びの言葉。それを耳にした火車は、動きをピタリと止める。その反応に、集は確信を持って告げた。

「……キミはやっぱり、俺から分離した牛蒡種のうちの一匹だったんだな」

　そう断言できる理由は、民宿の食堂で手に取った章次のスマホの中にあった。消す動画が間違いないか確認するために一度再生した時、違和感を覚えた。その正体は、集が顔を隠すようにカメラの前に出した左手。その手首に刻まれていた――七十五という数字。

　あの時点で七十五だった数字が、火車が出現した後で確認した時には七十四になっていた。急に出現したことからも、自分の中から剥がれ落ちた一匹だと考えるのが最も納得がいく。

そして牛蒡種は、自我が芽生えると宿主の感情を引き金に分離すると聞いている。公之介が新生活の不安で分離した結果、集を手助けしてくれるようになったのと同じように、火車もまた、分離するトリガーとなった集の感情を元に行動を起こしているのではと思ったのだ。

「キミは、俺の代わりに俺ができないことをやってくれたんだよな?」

スエノの死を前にした集の感情をきっかけに、現世に降り立った火車。彼は宿主の意思を汲み取って、青い蝶の入った虫籠を持ち去った。

――つまり、集は心の底でスエノの葬儀などやりたくないと思っていたのだ。

遺体がなければ、葬儀は行えない。だから火車は、それを盗んだ。遠くまで逃げなかったのは、宿主であった集が心のどこかでこれは避けられないことだと理解していたからなのだろう。

「ありがとう、火車。でも、俺はもう大丈夫だから。ちゃんとばあちゃんとお別れできる。だから……その蝶を返してくれ」

集の瞳の奥に、確かな覚悟を見て取ったのだろう。火車は頷くと、素直に虫籠を差し出してくれた。

問題はここからだ。目的が達成された今、麻桶毛を再び封印しなくてはならない。このままだと際限なく伸びる髪は裏通りを飲み込み、表通りにまで漏れ出す可能性も否めない。

波に揉まれながら、集は自身の左手首を見た。そこにあるのは、特殊な墨で書かれた七十四という数字。この数字は、そもそも辻褄が合っていない。

牛蒡種は七十五匹のあやかしの集合体で、その数字から公之介と火車を引けば七十三にならなければおかしい。つまり——集の中の憑き物は、一匹増えている。

その一匹が誰なのかは、もう気づいていた。妖怪神社で神頼みをした時、願いが通じて裏通りへの入口が開いた。だが、奇跡なんてそう都合よく起こるものではない。あの出来事は、表と裏を繋げる力を持つ者が自らの力を貸してくれたと考えた方が自然だ。

スエノは言っていた。『あのお方は優しいけん、きっと今も近くで見守ってくれとるよ』と。

本当に、誰よりも近くで見守っていてくれた。家系に憑く牛蒡種をたった一人で受け入れられる器を持つ集だからこそ、そんつる様は集に憑くことができたのだ。

集は、胸の前でパンと両手を合わせる。

「お願いします——そんつる様！」

宿主の頼みを、元綾詩荘の守り神は聞き届けてくれた。

集と火車を乗せて、麻桶毛を引き千切り屋根よりも遥か高い位置まで迫り上がるのは、白く光る巨大な何か。バランスを崩した集が手をつくと、足元にはびっしりと鏡面タイルのような鱗が敷き詰められていた。

巨木の幹のように太く、果てしなく長い。そんなそんつる様の姿は、スエノ以外誰も見たことがないと聞いていた。噂では巨大なミミズだと公之介は言っていたが、とんでもない。

裏通りに現れた神々しいその姿は——首に金色の輪をつけた、白い大蛇だった。

そんつる様はその大きな口で麻桶毛の一部に食らいつくと、凄まじい勢いで吸い上げていく。黒い海は瞬く間に彼の長い胃の中へと収まっていき——最後には、一本の髪の毛だけが残される。風に乗って舞い降りてきたそれを、集は桐の箱で受け止めてしっかりと蓋をした。

しばしの間、静寂が裏通りを包み込む。しかし、すぐに割れんばかりの大歓声が通り全体に響き渡った。

『……すまなかった、集』

火車と抱き合い喜んでいると、下からそんつる様が低い声で話しかけてきた。

『スエノがいなくなることに焦っていたのは、私も同じなのだ。結論を急ぎ、キミに無理な選択を迫ったことを申し訳なく思う』

「謝らないでください、そんつる様。突き放すようなことを言いながらも、アナタは近くでずっと見守っていてくれました。俺を試したんですよね？」

この程度の危機を乗り越えられないようなら、非日常的なことの連続である綾詩荘をからないが。

継ぐなど、とてもできない。もっとも、どこまでがそんつる様の想定内だったのかはわ
『だが、麻桶毛の解放はズルいぞ。あれでは出て行かざるを得ないではないか』

「出てきてくれると信じていたから解放したんですよ。ありがとうございます」

照れ隠しだろうか。礼を受けたそんつる様は、長い舌の先をちろちろと動かしていた。

その様子が何だか可愛らしくて、思わず笑ってしまう。

「……そんつる様。今更かと思うかもしれませんが、俺は綾詩荘がなくなるのは嫌です。だから、ばあちゃんに代わって俺が綾詩荘を継ぎます。駄目ですか？」

『よいのか？　今朝は決断できなかったではないか』

「それは、俺が一人で引き継がなきゃって考えていたからです。馬鹿ですよね。誰もそんなこと言っていないのに」

見晴らしのいいそんつる様の頭の上からは、通りの様子がよく見える。瞳に映るのは、こちらに手を振っている実乃梨とスエノ。商店街のみんなに、宿泊客達に、他の大勢のあやかし達。

「俺一人では、今はまだ無理です。でも、みんなと協力するならきっと大丈夫。もちろん、そんつる様も含めてですよ？　こんな答えが今は精一杯なんですが……いいですか？」

少し頼りない決意表明だっただろう。だが、そんつる様は集の言葉を真正面から受け

止めてくれた。

『いいも何も、それこそが私の望んでいた答えだ』

そんつる様は巨体を屈めて、集と火車を地上へと下ろす。大きな白蛇の体は、少しずつ白く柔らかな光に包まれていった。

『集がここにいる限り、私が綾詩荘を守る。人とあやかしとを繋ぎ止める懸け橋となることを、今一度ここに誓おう』

厳かな宣言を残し、そんつる様は光となって綾詩荘へと吸い込まれていく。途端に、瓦礫の山と化していた民宿は早戻しでもするかのように形を取り戻していき——元通り豪華絢爛な姿を再び裏通りに出現させた。

集は、自分の左手首を確認する。数字は七十三に減っていた。それは、そんつる様の憑く先が集から綾詩荘へ戻ったことを意味している。これで、表と裏を繋ぐ通路も元通り開通したはずだ。

「さあ、早く戻らんと。公之介がいつまで持つかわからんで」

「ああ、そうだった！」

スエノに言われて、集は顔を青くした。

手伝ってくれた裏通りのみんなに改めて礼を言い、実乃梨とスエノとともに綾詩荘の中に飛び込む。表通り側に通じる扉を目指しながら、集はふと思い出したようにまた大きな声を上げた。

「そういえば、あの叔父(おじ)の件がまだ何も解決してなかった！」

蝶を取り戻し綾詩荘も復活して一件落着な雰囲気が流れていたが、大きな課題がまだ残っている。スエノの葬儀が終われば、そう遠くないうちに民宿の権利は章次に相続されてしまうのだ。そうなれば綾詩荘は解体され、土地は売り飛ばされてしまう。

霊感ゼロの章次に、あやかしを見せることは叶(かな)わない。事情が説明できないうえに、あの捻(ひね)くれた性格だ。このままでは、これまでの努力やようやく固まった決意が水の泡になってしまう。

『彼のことなら、私に考えがある』

声の主は、そんつる様だった。前と同様に姿は見えず、声だけが頭上から響いてくる。足を止めずに、集達は守り神の提案に耳を傾けた。

◎

「お前ら、今までどこにいやがった！」

金属製の扉から表通り側に戻ると、いきなり章次に怒鳴られた。その目は集と実乃梨しか捉(とら)えておらず、スエノの姿は変わらず見えていない。

「葬儀屋が帰ったから棺(ひつぎ)の中を覗(のぞ)いてみたが、ババアの遺体がないじゃねぇか！　アイツら、一体何をしに来たんだよ。クレーム入れてやる！」

喚いている章次を無視して、集はすぐそこの六畳間に飛び込む。棺の顔の部分を開けると、精根尽き果ててハムスターの姿に戻った公之介が倒れていた。

「ああ、ごめんよ公之介！　よく粘ってくれたな！」

「おっ、遅いですよ集殿ぉ！」

扉から飛び出した公之介は、泣きながら集に飛びついた。よほど辛い目に遭ったのだろう。そんな再会も、章次に言わせれば集の一人芝居に過ぎない。彼の怒りは増すばかりだった。

「何だ？　そんな芝居で、俺にあやかしを信じさせようって魂胆か？　馬鹿にすんなよ、集」

「馬鹿になんてしていません。俺は俺に見える仲間と、普通に触れ合っているだけです」

「そりゃあ結構なこった。だがな、あやかしなんてものはいやしねぇんだよ」

「なぜ頑なに否定するんですか」集は問う。「アナタにも、一つだけ心当たりがあるはずですよね？」

集の言葉に、章次は僅かに顔を歪めた。それを隠すように「何言ってんだ」と吐き捨てる章次の横を抜けて、実乃梨が食堂から持ってきた赤べこを棺の上に置く。

「アナタは子どもの頃、この赤べこによく話しかけていたそうですね」

集が詰め寄ると、章次は怪訝そうに舌打ちをした。

「……誰に聞いた。ババアか？」

スエノではない。これは、ここに向かう道中でそんつる様から聞いた話だ。しかしそれを説明したところで、章次が信じるわけがない。質問を無視し、集は話を続ける。

「子どもの頃、アナタが話しかけるとこの赤べこは首を振り答えてくれた。イエスなら縦に、ノーなら横にという感じで。違いますか？」

章次の眉間に皺が寄る。また怒鳴られるかと身構えたが、章次は意外にもその話を否定しなかった。

「……お前の言う通り、ガキの頃にそんなことをしていた記憶はある。だが、案の定勘違いだった。さっき試してみたが、そいつの首は動きゃしない」

声のトーンから章次が落ち込んでいると感じた集は、そんつる様から聞いた話に可能性を見出す。上手くいけば、霊感ゼロの章次にあやかしを信じてもらえるかもしれない。

「試したと言っていましたが、質問の仕方が悪かったのかもしれません。もう一度試してみませんか？」

「面白い。やってみろよ」

強気な章次に促される形で、集は棺の上の赤べこと向き合った。そして、質問する。

「俺の名前は夜守集で合ってる？」

少し待つと、赤べこは首を縦に振り出した。章次の目元が、ピクリと動く。

「このおじさんの名前はコウタ？」

続けて問うと、赤べこは首を横に振る。

「じゃあ、ジロウ？」

首はまた、横に動く。

「なら、章次？」

赤べこは、首を止めるとゆっくり縦に振り始めた。

「――どけっ！」

集を押しのけると、章次は赤べこを乱暴に摑み取った。引っくり返したり中を覗いたりして、仕掛けがないか調べている。次に窓が閉まっているのを確認して、風の仕業ではないことも受け入れた。

「……くだらねぇ手品に付き合ってる暇はねぇ」

吐き捨てて出ていこうとした章次を引き止めるために、集はもう一度赤べこに質問を飛ばした。

「キミは、章次さんのことが嫌い？」

章次は足を止めて、振り返る。赤べこは、静かに首を横に振った。章次は下唇を嚙みしめると、ずかずかと赤べこの前まで戻ってくる。

「俺の誕生日は、九月十日か？　どうだ？」

赤べこは頷く。

「じゃあ、俺は九歳の時に足を骨折したことがあるか？」

次は首を横に振る。

「俺の嫌いな食べ物はキウイだ。合ってるか？」

赤べこは、首を大きく縦に振った。

どうせ答えられるわけがないと、意地悪な質問をしたつもりだったのだろう。だが、驚きを隠しきれていない顔を見るに、全問正解だったようだ。それもそのはず。この赤べこは——章次のことを誰よりも知っているのだから。

章次は、混乱混じりに集へ怒鳴る。

「おい！　この赤べこがあやかしって奴だって言いてぇのか？」

「いいえ。それは単なる赤べこです。あやかしじゃありません」

「はぁ？」

集の返答が予想外だったようで、章次は間の抜けた声を落とす。実際、赤べこは付喪神化していない。首を振る仕掛けは別にある。とは言っても、仕掛けというほどのものではない。

「その赤べこはただの置物です。今も昔も、赤べこの隣に立っているあやかしが首を動かして質問に答えていたんですよ」

赤べこを介した交流は、霊感のない章次を気にかけていたそんつる様が、当時の彼と少しでも交流を図ろうとして行っていたそうだ。そして今、赤べこを動かしているのは——。

「先ほどから質問に答えているのが、誰かわかりませんか？」

「わかるわけねぇだろ！　俺にあやかしの知り合いなんていねぇぞ！」

「だったら、もっと質問してみてください」

集に促されて、章次は矢継ぎ早に質問を投げかけていく。

「俺は中学の時、サッカー部だったか？」

首は横に動く。

「好物はカレーだ。どうだ？」

首は縦に振れた。章次は一呼吸置くと、怯えるように尋ねる。

「……もしかして、お袋なのか？」

佇むスエノは、そっと赤べこの鼻先をつついて首を縦に振らせた。

集は、実乃梨と公之介を連れて六畳間から出て行く。ここから先は、親子の時間。会話はできないが、意思の疎通はできる。スエノのことを『ババア』ではなく『お袋』と呼んだ今の章次なら、きっと悔いのないお別れができるだろう。

そうなることを信じて、集はそっと襖を閉じた。

◎

提灯の明かりが連なる、表通りのアーケード。隙間なく並ぶ屋台で働く人達は、みなと祭に訪れた大勢の客に嬉しい悲鳴を上げている。そんな中、どの屋台よりも長い行列を作っているのは一軒のオンボロな民宿だった。

午後八時。スエノの通夜は、打ち上がる花火を合図にして盛大に始まった。途切れない参列者達は、焼香を上げ終えると祭りの喧騒の中へ溶けていく。その間、章次は一人一人に深々と頭を下げ、立派に喪主を務めていた。真っ赤になっている目元を見る限り、赤べこを通じていいお別れができたのだろう。

夕方頃に取材から帰ってきた先生は、通夜の準備が進められている民宿を前にしてもあまり驚いてはいない様子だった。もう時間が残されていないことを、先生だけはスエノからあらかじめ聞かされていたのかもしれない。

「それにしても、信じられない光景だね」

綾詩荘の表に立つスエノは、表通りを眺めながらそんな言葉を漏らした。水木しげるロードは、祭りに来たたくさんの人で大賑わいだ。その中には――大勢のあやかし達も交ざっている。

裏通りの祭りを台無しにしてしまったことを気にしていた集は、裏通りのあやかし達に「表通りの祭りに来ませんか？」と提案していた。屋台の利用は当然できないが、花火を見るだけなら人もあやかしも関係なく楽しめるだろうと思ったのだ。

そうして今現在、綾詩荘の前では、大勢の人とあやかしが同じ時間を過ごしている。

「人とあやかしが共存できたら、こげな景色が当たり前になるんだろうね……」

ある者は別れを嘆き、ある者は花火に見惚れ、ある者は笑顔で送り出そうと酒盛りを始めている。ドンドンと響く花火の明かりが照らし出すその様子は、まるでスエノが掲げた夢である『人とあやかしが分け隔てなく共存できる世の中』のような光景だった。

実際のところ、人々にはあやかしが見えていないのだから共存しているとは言えないかもしれない。それでも、スエノという一人の人間の死をきっかけに、故人を偲んで双方がお別れの時をともにしている。

スエノは黙ったまま、ジッとその光景を眺めていた。決して忘れまいと、瞳に焼き付けるように。

「……参ったねぇ。こげないいもん見せられたんじゃ、いよいよ未練が全部なくなってしまうがね」

――そうして、スエノの姿は光に包まれ始めた。

「実乃梨ちゃん。これからも集と仲良くしてやってごしない」

「もちろんです、女将さん。今まで、お疲れさまでした！」

スエノは涙する実乃梨を抱きしめて、次に公之介を手のひらに乗せる。

「公之介。今後も集を手伝ってやってごせ。お前さんほどダンディで頼りになるハムスターは、他におらんけんね」

「承知いたしました。お任せください！」

公之介の頭を撫でてから集に手渡すと、スエノは先生と向き合う。

「先生。ご迷惑をかけることも多々あるかと存じますが、どうか孫をよろしくお願いいいたします」

「もちろんだよ、スエノちゃん。向こうでも元気でね」

白髪頭を深々と下げると、スエノは最後に集の前に立つ。これが本当に、最後の時。何と声をかければいいのか迷っていると、スエノに優しく抱きしめられた。

「だんだんね、集。お前さんがいつか大きな止まり木に成長するのを、空の上から見守らせてもらうけん」

「ああ。安心して見ていてくれよ、ばあちゃん。俺をこの町に呼んでくれて、ありがとう……いや、だんだんね」

方言の『ありがとう』に微笑んだスエノの体は、直後に光となって花火の打ち上がる夜空へと上っていく。集の手の中には、水色の着物だけが残されていた。

それを抱く腕が震えるのを、止めることができない。抜け殻となった着物を前にして、スエノがいなくなったのだということをこれでもかと実感する。

集の目からようやく溢れ出た大粒の涙は、花火が終わるまで止まることはなかった。

◎

「俺はあやかしを認めたわけじゃないからな」

朝早くに綾詩荘を訪ねてきた章次は、玄関で出迎えた集を前に開口一番そう言い放った。

スエノの葬儀は、昨日滞りなく執り行われた。葬式の時はずいぶんと大人しくなっていたのに、もうすっかり元通りのようだ。

「それで、今日はどういう用ですか？」

身構える集に章次が差し出したのは、書類の束だった。

「民宿を続けるには、簡易宿所営業の許可の相続が必要だ。お前はまだ未成年だから、今は俺の名前で相続する。いいな？」

てっきり民宿の権利を主張してくるとばかり思っていたので、予想とは真逆の流れにすぐには反応ができなかった。「おい、聞いてるか？」と章次に問われて、集は慌てて首を縦に振る。

「ええと……いいんですか？　綾詩荘を続けても」

「潰したら、お袋に呪われる」

書類を鞄にしまいながら、章次は誤魔化すように言葉を付け足した。

「だがな、さっきも言ったが、俺はあやかしを認めたわけじゃないからな。やっぱり見えないもんは信じられないし、お前の手伝いもできん。してやれることは精々、必要な手続きくらいのもんだ」

「十分ですよ！　ありがとうございます！」

笑顔で礼を伝えると、章次はバツの悪そうな顔で背を向ける。

「たまには様子を見に来てやる。まあ、頑張れよ」

　玄関戸に手をかけた章次を「待ってください」と呼び止めた。集は食堂まで走り、赤べこを掴み取ってすぐに戻ってくる。

「これは、章次さんが持っていてください。もう首を動かすことはないですけど……章次さんに持っていてほしいんです」

　章次は躊躇いつつも、それを受け取ってくれた。鼻先を指でつつくと、赤べこは首をゆっくりと振る。笑った章次の顔は、目尻に寄る皺がスエノとよく似ていた。

◎

「赤べこは、受け取ってもらえたかい？」

　食堂に戻ると、少し焦げている焼き鮭を箸でほぐしながら先生が尋ねてきた。集は「はい」と笑顔で答えて、食べている途中だった朝食をやっつけるため椅子に座り直す。

　隣の席に座っている実乃梨は、口の端に米粒をつけながら「よかったねー」と喜んでくれた。夏休みに入って以降は、こうして実乃梨と一緒に朝食を食べてから仕事にとりかかる日も少なくない。

「集殿、醤油を取ってください」と、向かいの席の公之介が小さな体を目一杯使って納豆をかき混ぜながら頼んできた。人間体に化けなくても、公之介はそのコンパクトな体からは考えられないくらいよく食べる。

自分の皿の上にある失敗して黄身の潰れた目玉焼きと目が合い、スエノの焼いてくれた綺麗な目玉焼きを思い出した。これからは、料理ももっと勉強しないといけないな。

「さて」と、集はスイッチを切り替える。

「食べながらでいいから、仕事内容を確認しよう。実乃梨先輩、予約のある今日のあやかしのお客様は？」

「ええとね、河童の親子連れと、四国から来る狸の団体さん。見上げ入道も来るけど、このお客様は見上げれば見上げるほど大きくなってしまうけん気をつけてね」

「集殿。お客様に合わせて間取りの変更も必要なのでは？」

「そうだな。そんつる様に頼んでみるよ」

「ああ、任せておいてくれ」

返事をしたのは、なぜか先生だった。静寂に包まれる食堂で唯一箸を動かしていた先生は、やがて自分が妙なことを口走ったことに気づくと、これはうっかりしていたというように舌をぺろりと出す。

その舌先は——蛇のように、二股に分かれていた。

「……先生。その舌って、まさか——！」

「ああ。私がそんつるなんだ。隠していてごめんよ」

みんなの驚愕の声が、狭い食堂を揺らした。集は椅子から転げ落ち、実乃梨は両手を合わせて拝み出し、公之介は納豆に醤油をダバダバと零している。先生は、申し訳なさそうに自身の後頭部を撫でていた。

「騙すつもりはなかったんだ。でも、正体を知ったら変に畏まってしまうだろう？」

「……ばあちゃんは、知っていたんですか？　先生がそんつる様だって」

「というか、スエノちゃん以外誰も知らなかった。民宿を始めてからの三十年間、ずっとね。まあ、今日で二人と一匹増えたわけだけど」

周囲の驚きなどお構いなしに、先生は高らかに笑っていた。

思い返してみれば、初めて出会った時から先生はどこか浮世離れしている不思議な雰囲気を纏っていた。火車と追いかけっこをしていた時、先生は出張中のはずだったが、あの時はそんつる様として集の中にずっといてくれていたのだ。

自分の意思で正体を教えてくれたということは、認めてくれたのだと受け取っていいのだろう。集を、実乃梨を、公之介を、綾詩荘をともに支える仲間として。

その事実が、集には堪らなく嬉しかった。

「さあ、のんびりしている時間はないぞ！」

先生が両手をパチンと合わせると、裏通り側のロビーに直接通じる入口が現れる。残りの朝食を掻き込むと、集達は「行ってきます！」と先生に言い残してその向こう側へ飛び込んだ。

この先の生活に不安がないと言えば、それは嘘になる。集の中にはまだ七十三匹ものあやかしが憑いており、仕事もまだまだわからないことが多く、失敗もきっと数えるほどでは済まないだろう。

だが、集は一人ではない。

公之介がいる。実乃梨がいる。先生がいる。不愛想だが、甥のために動いてくれる叔父もいる。それに何より、綾詩荘のおもてなしを楽しみにしてくれるお客様がいる。

やれるだけやってみよう。迷いながらも、自分で決めた道なのだから。そうすれば、今は小さくてもいつかは大きな止まり木になれると信じて——。

玄関先でヤカンヅルがガランガランと音を立て、来客を知らせた。集は実乃梨と公之介とともに玄関まで走り、今日もお客様を元気よく出迎える。

「いらっしゃいませ。ようこそ、綾詩荘へ！」

本書は書き下ろしです。
この作品はフィクションです。実在の人物、団体等とは一切関係ありません。

あやかし民宿の愉怪なおもてなし

皆藤黒助

令和4年 11月25日　初版発行

発行者●山下直久

発行●株式会社KADOKAWA
〒102-8177　東京都千代田区富士見2-13-3
電話　0570-002-301(ナビダイヤル)

角川文庫 23425

印刷所●株式会社暁印刷
製本所●本間製本株式会社

表紙画●和田三造

ISBN 978-4-04-113182-4　C0193

◇◇◇

角川文庫発刊に際して

角川源義

第二次世界大戦の敗北は、軍事力の敗北であった以上に、私たちの若い文化力の敗退であった。私たちの文化が戦争に対して如何に無力であり、単なるあだ花に過ぎなかったかを、私たちは身を以て体験し痛感した。西洋近代文化の摂取にとって、明治以後八十年の歳月は決して短かすぎたとは言えない。にもかかわらず、近代文化の伝統を確立し、自由な批判と柔軟な良識に富む文化層として自らを形成することに私たちは失敗して来た。そしてこれは、各層への文化の普及滲透を任務とする出版人の責任でもあった。

一九四五年以来、私たちは再び振出しに戻り、第一歩から踏み出すことを余儀なくされた。これは大きな不幸ではあるが、反面、これまでの混沌・未熟・歪曲の中にあった我が国の文化に秩序と確たる基礎を齎らすためには絶好の機会でもある。角川書店は、このような祖国の文化的危機にあたり、微力をも顧みず再建の礎石たるべき抱負と決意とをもって出発したが、ここに創立以来の念願を果すべく角川文庫を発刊する。これまで刊行されたあらゆる全集叢書文庫類の長所と短所とを検討し、古今東西の不朽の典籍を、良心的編集のもとに、廉価に、そして書架にふさわしい美本として、多くのひとびとに提供しようとする。しかし私たちは徒らに百科全書的な知識のジレッタントを作ることを目的とせず、あくまで祖国の文化に秩序と再建への道を示し、この文庫を角川書店の栄ある事業として、今後永久に継続発展せしめ、学芸と教養との殿堂として大成せんことを期したい。多くの読書子の愛情ある忠言と支持とによって、この希望と抱負とを完遂せしめられんことを願う。

一九四九年五月三日

ようするに、怪異ではない。

皆藤黒助

振り回され系青春ミステリ、スタート！

「要するに、これは怪異の仕業ではありません」——。高校に入学した皆人（みなと）が出会ったハル先輩は、筋金入りの妖怪マニア。彼女は皆人のもとに「妖怪がらみの事件」とやらを次々に持ち込んでくる。部室に出ると噂の幽霊の正体、天窓から覗くアフロ男、監視カメラに映らない万引き犯……。とある過去から妖怪を嫌う皆人は、ハル先輩に振り回されながらも謎を解き明かしていく。爽やかでほろ苦い、新たな青春ミステリの決定版！

角川文庫のキャラクター文芸

ISBN 978-4-04-102929-9